HERZ
ÜBER KOPF

Über mich(i)

Ich bin was ich bin:

Dankbar da zu sein.

Michi, „gspiarig", kunterbunt.

Waldviertlerin, ich liebe es.

Schreiberling mit Herz und Hirn.

Von Herzen Mama von zwei Mädls, begleitet durch ihren Papa,
den wir küssen für sein liebevolles und farbenfrohes Dasein mit uns.

Unterwegs mit „Herz über Kopf" in eine Richtung die sich gut anfühlt.
Mehr dazu findest du unter:
www.herzüberkopf.at

Michaela Auer

MAMAVERSUM

Liebevoll. Ehrlich. Mitreißend.
Geschichten von kleinen Wesen die Mamas Herz
erobern und ihren Kopf Kakao trinken schicken.

Impressum:

Idee/Konzept/Texte/Fotos:
„Mama des Versums" Mag. Michaela Auer
www.herzüberkopf.at

Illustrationen/Gestaltung: „Papa im Mamaversum" Stefan Neuheimer
Inspirationen: „Hauptakteure im Mamaversum" Lila Rosina und Viva Theresa Auer

© 2016 Michaela Auer - www.herzüberkopf.at
Rechtschreib- und Grammatikfehler sind Ausdruck meiner Kreativität und der Freude am Erschaffen, sie machen das Werk erst richtig ehrlich und lebendig :)

Herstellung und Verlag: BoD – Books on Demand, Norderstedt

ISBN: 9783748101659

„Mamaversum"

Michis „Mamaversum"-Kolumnen
(September 2012 – April 2019)

Für Lila & Viva
Wir lieben euch von Herzen.

Es ist ein Wunder, sagt das Herz.

Es ist eine unvorstellbare Verantwortung, sagt der Verstand.
Es ist viel Sorge, sagt die Angst.
Es ist eine enorme Herausforderung, sagt die Erfahrung.

Es ist das größte Glück auf Erden, sagt die Liebe.
Es sind unsere Kinder, sagen wir.
Einzigartig und kostbar!

Danke Lila & Viva, dass wir uns haben dürfen!
Wir – Mama & Papa – haben euch lieb,
heute, morgen, immer.

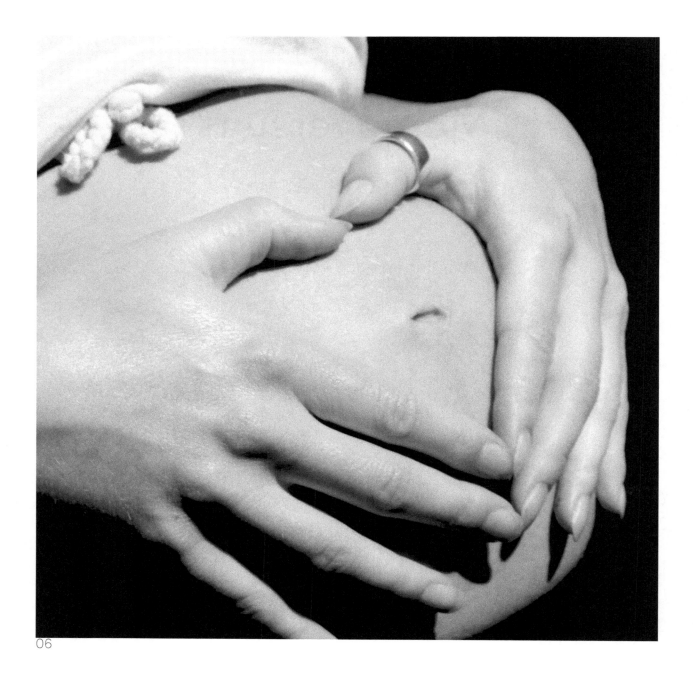

Vorwort
„Servus, bei mir im Mamaversum!"

Schön, dass du mein Buch öffnest und in meine Welt kommst! Ich fühle mich geehrt von jedem Leserling, der meine Zeilen mit Herz und Hirn aufnimmt :) Danke!

Unendlich dankbar bin ich dass sich meine „Schreiberling-Dinge" nun „ent-falten" dürfen :) Der Traum ein Buch zu schreiben, er war immer da. Monatlich darf ich für das Mostviertel Magazin (www.momag.at) Kolumnen zu bestimmten Themen und über mein Dasein als Mama & Mensch veröffentlichen. Jetzt ist aus der chronologischen Sammlung meiner Texte dieses Werk entstanden.

Ich bin 1980 im Herzen des Waldviertels geboren. Liebevoll behütet bin ich hier das geworden was ich bin. Liebe Menschen begleiten mich. Sie lassen mich so sein wie ich bin, immer bepackt mit viel Neugierde im Kopf und am Entdecken der wundervollen Stimmen des Herzens.

Zwei besondere Schätze schenkte mir das liebe Leben 2011 und 2013. Dazu brauchte es natürlich auch einen Papa - dieser liebe Mann „ver-rückt" mich jeden Tag auf's Neue, danke Stevey! :) Gemeinsam mit ihrem Papa haben unsere Mädls mein Leben erfolgreich auf den Kopf gestellt. Mein lieber Kopf darf dank ihnen wieder viel öfter eine Pause einlegen, wir schicken ihn Kakao trinken :) Welch' ein Segen, unsere Kinder werden nicht müde mir zu zeigen, was es heißt, viel mehr aus vollem Herzen im Moment zu leben! Sie leben das was ihnen Freude macht und bringen so Mamas Achterbahn der Gefühle immer wieder zum Glühen.

Manchmal sind wir müde und drehen gemeinsam durch. Manchmal sind wir voller Liebe und knabbern uns gegenseitig verliebt an vor lauter Übermut. Manchmal sind wir traurig, weil uns der Plan fehlt bei allem was mit uns passiert. Aber immer öfter holen wir uns mit viel mehr Bewusstsein das „pure Leben" ins Herz und inhalieren die täglichen Wunder des Lebens gemeinsam. Wir sind wie wir sind am Weg zu mehr Herz über Kopf im Mamaversum und das ist gut so.

Viel Spaß bei der folgenden Reise durch mein Mamaversum!
Schön, dass es dich, euch & uns gibt!
Mama Michi :)

Mamaversum, grüß Gott! :)

„Kinder kriegen ist nicht schwer, sie zu haben dafür sehr!" Dieser „weise" Spruch hat mich geärgert bei der Verlautbarung unserer ersten Schwangerschaft. Heute kann ich seine Bedeutung besser einschätzen ;) Mittlerweile haben wir ein Kind, - vielmehr einen Schatz geschenkt bekommen. In diesem Päckchen war auch ein „Reset"-Knopf dabei, der frecherweise ohne uns zu fragen mit der Öffnung des Geschenkes aktiviert wurde. Neustart klingt nach mulmigem Gefühl, stimmt's? Wer ist sich denn wirklich bewusst, was ein Kind so mit sich bringt? Zuerst denkst du es wird bei der „Ent-Bindung" abgenabelt, endlich da. Du hältst DEIN Kind müde aber überglücklich im Arm und hast keinen Plan wie es „funkioniert". Hilflos und warm liegt das kleine „Nockapatzl" da. Vom ersten „Augen-Blick" an hat es Mamas Herz komplett gefangen. Tagelang, nächtelang, fast unbemerkt wochenlang ist Mama für den neuen Lebensmittelpunkt da... wenig Schlaf, wenig eigenes und v.a. gewohntes Leben, neue Sorgen, zugegeben Tränen... Das große Erwachen! Wo ist Mamas „altes" Leben, nichts übrig davon?

Beim ersten Hinsehen schaut es aus als wäre alles weg. Wieder sind sie da, die Tränen. Doch dann taucht etwas viel Wertvolleres auf... leicht verschwommen, aber es ist da: ein dankbares Lächeln mit unbeschreiblich viel Wärme um's Herz! Denn, die Chance auf einen Neustart, wer bekommt die schon? Und noch dazu gleich zu dritt! Bekanntlich gehören ja immer zwei dazu um drei zu sein! :)

Richtig bewusst wurde mir dieses „Geschenk des Vonvornebeginnendürfens" erst neun (!) Monate nachdem der Reset-Knopf gedrückt wurde. WILLKOMMEN in der Zeitrechnung des Mamaversums! :) Ausgebüchst ist Mama mit dem kleinen Schatz in die große Stadt und im Naturhistorischen Museum gelandet. Höre ich gelangweiltes Gähnen? Ein Baby muss man sein! Die kleine Düse tanzte in meinen Armen vor lauter Glück, quietschvergnügt war sie Bekanntschaft mit dem ausgestopften Schosshündchen von Maria Theresia (klingt komisch, ist es auch ;)) machen zu dürfen. Diese absolut reine Lebensfreude hören, sehen, fühlen... jeder Kummer, jede Träne wie weggeblasen. Aber ja, Mama hat ein schlechtes Gewissen beim Gedanken an die Tränen.

Es fängt einfach von vorne an, das liebe Leben... Aber NEU heißt nicht nur anders, sondern unbeschreiblich viel reicher, herzhafter und mit den wunderbar neugierigen Augen eines frisch geschlüpften Lebewesens die Welt erkunden zu dürfen! Danke, dass ich dieses Abenteuer erleben darf. Herzlich willkommen im Mamaversum! :)

Mamas besondere Art von Wellness

Gesundheit, Wellness und Ernährung bewegen gerade das Mamaversum! Gesundheit ist alles. Der größte Wunsch: Ein gesundes Baby. Der größte Nervenkitzel bei der Geburt: ist alles dran & ok? Erst viel später realisierst du welches Glück du hattest, weil es sich pumperlgsund durch's Leben zaubert, das niedliche Wesen. Und wiederum, erst beim Anblick nicht ganz so gesunder Kinder holt dich die Dankbarkeit ein... DANKE noch einmal von Herzen an dieser Stelle! :)

Wie's mit Mama's Gesundheit in der Zwischenzeit so aussieht? Mama rückt sich selber in den Hintergrund... das ist wohl nicht nur bei mir als Mama so - zumindest hoffe ich das ;) Einige schaffen es besser sich selber wieder mehr zu leben. Andere, auch ich, haben darin eine neue Aufgabe gefunden. Wer hätte gedacht, dass man sich so verändern kann? Laufen, Radfahren, früher stundenlang ... heute ein qualvolles Intermezzo. Ob das etwas mit den Augenringen zu tun hat? ;) Ich hoffe es!

Dafür gönne ich mir jetzt täglich meine Mama-Art von Wellness! Wie? Ganz einfach: Baby wurschtelt des nächtens herum, ein Beinchen.liegt in Mamas Gesicht, ein Finger bohrt in Mamas Nase, du bist genervt und was passiert? Baby seufzt friedlich, ein wunderbar genussvolles „Mmm"... Und Mamas Seelenzustand? Ein unbeschreiblich zufriedenes Lächeln und ein herzliches DANKE für den Babyschlafsack im Gesicht. Oder schon den Topfenstrudel-Babyschmäh entdeckt? Liebe Mama, falls dich nachts Gedanken ans Auswandern quälen, rieche an deinem Baby! :) Babies, die den Busen „ihrer" Welt erobern, riechen leckerst nach frischem Topfenstrudel... zumindest ist das meine Interpretation! ;) Was gibt's Besseres? Naja, eventuell-möglicherweise-vielleicht echten Topfenstrudel, aber so ein kurzer gedanklicher Ausflug bringt ganz schön viel Wohlbefinden unter die Decke! Genießen! :) Und wenn wir schon dabei sind teile ich noch ein feines „Gut-Gehts-Mama-Erlebnis": Ein schlafendes Baby um 19 Uhr und ein unbezahlbares „Mama-ich-schleck'-dir-so-gern-deine-Nase-ab" wenn es munter wird :) ehrlich, ich liebe es...

Zur Ernährung sage ich aus aktuellem Anlass (Bauchgrippe) nicht viel, außer: Ja, es gibt auch das „Papaversum"! Nach ein paar k.o.Tagen versucht Mama die Windel verkehrt anzuziehen, dein Baby blabbert ständig so etwas wie „Auto" und der VW-Bus-USP-Stick ist zum Spielzeug Nr. 1 mutiert!

DANKE Papa... und Mama geht besser noch einmal ins Bett ;)

Kinder-Überraschung! Geplatzt...

... ist die geheimnisvolle Blase genau vor einem Jahr, am magischen 10.11.11. Tausend Gedanken fetzen dabei durch meinen Kopf. Aus heiterem Himmel ist sie geplatzt, die Fruchtblase. Mitten in der Nacht, halb zwei... alles nass, wäää. Den Stich in der Magengrube vor lauter Aufregung spüre ich heute noch, unvergesslich. Über der Zeit, ungeduldig waren wir, gefühlt bereit.

Eigentlich heißt es ja falls sie platzt, dann nur NICHT aufstehen! Was tut Frau? Aufspringen, auf's Klo rennen, logisch! ;) Einstweilen alarmiert Mann die Rettung und fragt nach unserer Hausnummer. Wir sind leicht verwirrt, aber nur leicht ;) Mehr amüsiert als verwirrt packe ich noch 7 oder ein paar mehr unnötige Zwetschken in die berühmte „Spitals-Tasche". Durch das kalte Dunkel schleicht sich die Rettung an. Ich gehe „aufgeplatzt" selber die Stiegen runter, was sonst? Aber dann: „Hinlegen, keine Widerrede!" Angeschnallt, zugedeckt und jetzt Vollgas. Mein netter, etwas älterer seelischer Beistand zeichnet sich durch Schweißperlen auf der Glatze aus. Jede Minute darf ich ihm versichern, dass das Baby nicht in der nächsten Sekunde kommt. Obwohl, wer weiß? Es fängt zu ziehen an, meine Gedanken fahren Achterbahn. Na, alles gut bis ins Krankenhaus.

Was dann kam? Viel und vieles davon wohl auch schon längst vergessen. Da sind Unmengen an Ungewissheit was Mutter Natur sich für die nächsten Stunden so überlegt hat, trotzdem freudige Erleichterung dass die ewige Warterei ein Ende hat. Unendliche Schmerzen und unerwartete Demut vor dem Ausgeliefertsein, unvorstellbar laute Schreie und zum Schluss nie zuvor verspürte Angst, dem kleinen Wesen die letzten Millimeter Platz nicht mehr geben zu können... Dann, 13,5 Stunden nach dem großen „Platzer": ich wünschte ich könnte mich genauer erinnern...

Bewusst tauchen da viel später erst die Tränen von meinem Mann auf und das unvergessliche Gefühl dass Großes mit uns geschehen ist. Ein winzig-warmes Geschöpf knabbert an meinem Busen und ja, es braucht uns jetzt zum Überleben! Gefangen vom ersten Moment. Ein Wunder.

So ist das also wenn große Blasen platzen die nicht leer sind, sondern langersehnte Träume darin zu Leben werden! Und, wer hätte das gedacht: 9 Monate glaubst du, du hättest dort das Ziel erreicht, NEIN. Da beginnt die große Reise erst richtig und die Kapitel beginnen sich zu füllen!

Alles erdenklich Gute kleine Maus, du bist UNSER Wunder! Ich lieb' dich und deinen Daddy auch! :)

Liebes Christkind, wir wünschen uns was!

Liebes Christkind, weißt du, ich bin jetzt ein Jahr UND ich hab' eine Frage. Mama und Papa suchen die ganze Zeit ein „Nest"... ich dachte das wäre die Geschichte mit dem Osterhasen? Ein bisschen erinnere ich mich, da war was mit bunten Eiern in einem Nest... Magst du ihnen sagen, dass jetzt DEINE Zeit ist, ohne große Ohren dafür mit Keksen und so, oder soll ich es ihnen erklären? Nur um sicher zu gehen, dass sie nicht zu überrascht sind, wenn du dann zu mir kommst :) Übrigens, ich hätte jetzt wirklich gerne ein paar Zähne und viele Haare am Kopf, wenn's leicht geht. Mehr eh nicht, sonst kümmern sich Mama & Papa eh super um mich! Danke. Bussi, Lila. Ups, noch was: Bitte vergiss den Baum mit den Kerzen nicht! Noch mal Bussi! Lila.

Liebes Christkind, ich bin jetzt fast 33 Jahre und so frei, dir wieder mal zu schreiben. Diesmal in der Zeitung, denn ich bin nicht ganz sicher ob du meinen Brief hier oben am Berg findest. Hoffe du findest Zeit zum Lesen? Musst du Christkind auch manchmal auf's Klo? Also, kurz und bündig, ich hab nur einen Wunsch: ein ECHTES Zuhause, ein warmes Nest, endlich das was ich mit meinen Lieben „Dahoam" nennen kann und wo wir Wurzeln schlagen können. Mit vieeeel Wärme (wie „dahoam" dahoam), mit einem herzlichen Lächeln & offen-ehrlichen Gesprächen mit den Menschen und wenn ich schon dabei bin, mit viel Wald um die Ecke und aus. Magst du uns dabei helfen? Oder ist und bleibt das „dahoam" dahoam einfach und immer DAS dahoam und wir erschaffen ein Neues? Hilfe, liebes Christkind, ich stehe an! Bitte melde dich. Ich danke dir. Von Herzen, (m)ich(i).

Liebes Christkind, wie alt ich bin? Egal, meine Glatze behalt ich mir, meine Frau steht drauf ;) Ich wünsche mir vielleicht für unser Baby mehr Wuschelkopf aber v.a. wünsche ich mir für meine Frau, dass sie ihr „dahoam" mit UNS findet... und wenn du noch ein paar übrig hast, warme Zehen für sie. Für mich wünsche ich mir ein Meer zum Surfen in unserem Garten (wenn dann vorhanden), aber nur wenn du es wirklich wissen möchtest. Mehr nicht ;) Liebe Grüße, Stefan.

Baby, du bist Goldes Wert!

Das Mamaversum startet 2013 mit beiden Beinen fest am Boden. Eine unter uns liebt es momentan mehr als alles andere Boden unter ihren Füßen zu spüren. Erraten, unser „Er-Wachsenes Baby" erkundet jetzt die Welt aufrecht! Danke, da helfen zwei gesunde Beine... wir schätzen sie ganz besonders. Wie sie es liebt und stolz dabei grinst, am besten noch beide Hände voll bepackt mit extrem wertvollen Schätzen - im Idealfall Mamas & Papas Unterhosen. Mama grinst dankbar beim Anblick deines wackelnden Windelpopos! Oh ja, richtig medaillenverdächtig, wie du Kurven meisterst, noch besser, wie du in deinen Winterstiefeln kraftvoll und so tapfer stapfst als hättest du es schon immer getan! Applaus, kleine Laus!

Zugegeben, vielleicht hat da ja auch der Ausflug in den Spielzeughimmel ein wenig geholfen. Da kletterte die kleine Braut wie selbstverständlich in den Mini-Ferrari rein, ob Papa da strahlend jubelt? „Kaum." ;)

Mama grinst ein paar Tage später mehr als breit als das erste Mal „Michi" über deine Lippen flutscht. „Apfl" war ja schon weltbewegend, aber „Michi" hat Mama - mich(i) kurz aus der Umlaufbahn geworfen, GOLD BABY!!! :)

Mama fühlt sich übrigens gerade ab und zu „leicht" zerwürfelt vom lieben Leben. 15 Monate ohne viel Schlaf am Stück hinterlassen tatsächlich Spuren. Unpackbar, auch Mamas haben Grenzen! Darf Mama Grenzen haben auch wenn der Zwerg gesund & munter ist, hm? „Undankbar" trudelt da die Botschaft ins Gewissen. Aha, danke für die Wortspende Gewissen.

Mama darf „die Goldene" feiern. Ich finde ja, wir Mamas und Papas haben uns ALLE eine EXTRA GOLDENE verdient! Wofür? Für tausend Handgriffe am Tag, für liebevolles Geschmuse trotz wirbelsturmartigen Zuständen, für's Mutmachen. Auch kleine Goldmedaillen-Gewinner werden groß.

Gold! Ganz einfach weil es uns für euch kleinen nimmersatten Medaillenjäger gibt! GOLDIG! Und jetzt: Feiern! :)

Zeit für mehr kleine Wesen? Jetzt, oder nie?

Wuiii, da schlüpfen sie, die ersten „Waugerl" der Runde zwei, ALLES GUTE ihr Lieben! :) Flott geht's dahin... die einen mit mehr Plan, die anderen mit mehr Überraschungseffekt - aber egal wie groß die Überraschung, der süße Nachgeschmack bleibt wie beim unwiderstehlichen Ei mit Spiel, Spaß & Spannung ;) Genau so soll es sein!

Große Geheimnisse werden da anfangs daraus gemacht. Irgendwie, so ist es mir ein paar Mal vorgekommen, wollen Frauen aber nicht so recht zugeben, dass „sie" innerlich schon wieder bereit waren. Vielleicht weil das „schlechte Gewissen" dem ersten Kind gegenüber anklopft, oder weil man doch auch ab und zu darüber spricht, dass Mama ein „wenig" müde ist. Oder ganz einfach, weil Mama und Papa auch gerne ein Geheimnis zu zweit haben! :) Alles legitim. Wenn dann die Zeit der „Verkündigung" ist, gibt's ein breites Grinsen in Mamas Gesicht und alle Mühen scheinen vergessen. Lieber Himmel, du und deine Hormonbrauereien, grandios! :)

Der ungefähr einjährige Zwerg weiß noch weniger damit anzufangen dass da ein Geschwisterchen ins Haus steht... aber wenn's dann soweit ist sollte es am liebsten gleich laufen können, damit gemeinsam die Welt unsicher gemacht werden kann. Tja, zaubern wär super! :) Wenn es nach mir ginge, dann wäre ich auch für zaubern, weg mit den ersten paar drei, vier Monaten. Bitte mich nicht misszuverstehen, auch der Anfang gehört dazu zum lieben neuen Leben,... aber wenn's net sein müsste, wär ich auch dabei ;) soviel Ehrlichkeit darf sein. Erwischt, du auch? Na Gott sei Dank! :)

Ich liebe es ja momentan schon sehr, wie unsere kleine - ups, große - Maus tagtäglich die Welt komplett auf den Kopf stellt. Da rennt sie mit den Händen in den Hosentaschen herum wie die coolste Große aller GROSSEN, studiert plappernd Bilderbücher, entdeckt ein „Miezi" nach dem anderen, trägt eifrigst Holz in die Küche zum Einheizen und gibt sich selber dafür Applaus, kugelt geschickt über die Stiege als wäre sie die jüngste Flugweltmeisterin, winkt ohne Zögern keck zum Abschied. Sie braucht Mama oder Papa nun nicht mehr in jeder Sekunde, wie gefühlt noch gestern. Kinder wie die Zeit vergeht...

Und jetzt, alles wieder von vorne?
Da heißt es wohl wirklich: Jetzt! Oder nie ...

Wie jetzt? Keine Kinder mehr, oder wie?

Scheinbar habe ich mir mit der Geschichte des vorigen Monats klassisch selber ein Ei gelegt. Mit meinen Zeilen zu „Jetzt, oder nie?" ging die Fragerei los, noch bevor die Zeilen überhaupt veröffentlicht wurden. Warum? Mama hatte die Abgabe noch kurz vor knapp geschafft. Als nächtliches Highlight hat dann Mamas lieber „Eiermann" verkündet, dass er gerade in ihrem E-Mail an die Redaktion gelesen hat, dass sie schwanger wäre. Na „HUUURRA"! Meine Freude war ehrlich gestanden NICHT groß, weil ich sehr wohl auch das „Oder NIE?" als Teil meines Werkes gesehen habe. Ziel war, die Frage in den Raum zu stellen, ob es „JETZT! Oder eben DOCH NIIIIIE?" heißen sollte. Irgendwie habe anscheinend das „Oder nie?" nur ich registriert. Tja... es kam keine einzige Frage nach einem „Wieso nicht mehr?", sondern alle wollten wissen ob „wir" wieder schwanger sind.

Liebe Leute, diesmal klar & deutlicher: Egal wie, es gibt sie, die Frage „Oder NIE???" in Mamas Kopf! Warum? Weil es auch MEIN Leben gibt, tatsächlich ;) In schwachen Minuten sehne ich mich nach „draußen", ehrlich gestanden. Der Wunsch mich selber wieder mehr zu verwirklichen, nicht den ganzen Tag Spielsachen von A nach B zu räumen, dort was weg zu putzen und da was zu retten, den kleinen brüllenden Tiger mit seiner Zahnbürste anzufreunden... Welche Mama kennt es nicht, dieses Thema das sich „Wertigkeit als Mama" nennt?

Gott sei Dank weiß Mama aber, wie unbeschreiblich wertvoll dieses Gefühl ist Geschwister zu haben, mit denen man sein Leben mit allem drum und dran teilen kann. Tja, da meldet sich dann das liebe Bauchgefühl und flüstert dir sanft etwas zu... Egal was es flüstert, iiiiirgendwann bist du selber wieder die Nummer 1! Obwohl geht das echt mit Kindern? Tataaa... klassisch wieder ein Ei gelegt! ;)

Was wäre das Leben nur ohne unseren Nachwuchs? :) Mama grüßt aus ihrem „Versum" voller Fragezeichen im Kopf und mit noch mehr sich gut anfühlenden Antworten im Herzen!

14

Schädliche Stoffe im Babyreich?
Ja Mama, Pech gehabt.

Ach du lieber Schwan, impfen schadet? Für mich kein neues Kapitel, eigener Impfschaden sei Dank. Immer wieder tauchen die gleichen Fragen bei diversen Mama-Babytreffen auf. „Impfst du? Ja, echt! Nein? Wirklich! Traust du dir das? Unverantwortlich! Recht hast du!" Heiße Diskussionen und vor allem viel Verwirrung und Planlosigkeit ob es der Zwerg ganz ohne Impfen „überstehen" wird?

Was hat sie nur mit uns gemacht die „liebe" Pharmaindustrie? Viel, ohne das wir es wissen... und sie tut es täglich. Mir graust beim Gedanken an meinen Impfpass. Was wurde uns allen „reingedrückt", ohne dass auch nur irgend jemand die Konsequenzen hinterfragt hätte, Quecksilber, Aluminium und Co., quasi alles inklusive, na hurra! Selbstverständlich war es und null Diskussion. Mit 21 hab ich mir die komplette Dosis gegönnt, damit ich in die weite Welt reisen konnte, sonst wären mir Singapurs Grenzen für mein Auslandspraktikum beim Studium versperrt geblieben. Erpressung? Tja. Ich sage nur eines, mittlerweile sind wir älter und in meinem Fall auch g'scheiter geworden, danke ;)

Jetzt liegt die Gesundheit der Kinder in UNSEREN Händen, da wird hinterfragt... und ganz OHNE Zucken verkündet: „Impfen, nein DANKE!" Ich bin mir sicher unser Spatz überlebt es... sehr gut sogar, soviel Selbstvertrauen und vor allem Vertrauen in die gute Mutter Natur darf sein!

Doch, wo hört das Rätseln, Hinterfragen & Vertrauen haben auf? Schon mal nachgedacht, ob etwa den „BPA-frei" Hinweisen auf Schnullern, Fläschchen und Co. zu trauen ist? Meine neueste und traurigste Entdeckung - leider nein. Wir haben unserem Kind tatsächlich immer genau den Schnuller gekauft, der trotz „BPA-frei" Hinweis die meisten Schadstoffe freisetzt... schädlich, oh ja. Eine Studie hat es bewiesen, bescheiden.

Traurig & verärgert bin ich und es tut mir leid... nur, wer hört die Beschwerden? Keiner. Überdimensionale Eigenverantwortung im undurchschaubaren Industriedschungel macht sich breit... und das Gefühl des Ausgeliefert Seins, pfuiii! Mama ist heute einmal verärgert und freut sich darauf, wenn morgen das liebe Herz wieder flüstert, dass alles gut ist. Glück gehabt! :)

Vom „Nein sagen" oder besser:
DEM JA ZUM LEBEN!

„Nein, nein, nein"... unsere kleine Maus ist mittlerweile so weit, dass sie weiß was „eigentlich" (aber laut wem & v.a. laut welchen Regeln & Gesetzen?) NEIN ist. Lauthals sagt sie „NEIN" bevor, ja bevor wohl was - genau, sie es meistens trotzdem tut! ;) Ob das immer zum Grinsen ist für Mama, hm? Ich vermute ja, dass dieses Wissen um die Bedeutung von NEIN auch Teil des Konzepts „Ich-bin-viel-selbständiger-als-ihr-euch-denkt" ist. Dazu gehört täglich, erm... oft auch minütlich die Grenzen zu testen. Grenzen die wer setzt? Mama, der liebe Papa, die „Bösen" da draußen... oder wer? Wann ist das gestern erst kleine nun schon so erwachsene Wesen so weit selber zu wissen was gut oder eben nicht so gut ist? Stiegen runterkugeln, Blumen rupfen & verkosten, Kirschkerne schlucken, blaue Finger, anderen Spielzeug entreissen, alles Teil des Spiels. Ja, immer wieder WILLKOMMEN im Leben! Wer jetzt? Du kleiner Spatz oder doch eher die Mama?

Die Reise bleibt hochinteressant, Frau könnte sogar zum Nachdenken beginnen: War ich als Kind auch so selbständig und wäre zum Beispiel in Wien komplett furchtlos und ohne Zucken halbe Ewigkeiten Tauben nachgelaufen, ohne mich auch nur einmal nach meinen Eltern umzublicken? Ich weiß es nicht... auf jeden Fall bewundere ich DICH dafür und wünsche dir weiterhin diese unendliche Offenheit für Neues & Vertrauen in die GUTE Welt. Genieße es noch abseits von Themen wie Impfen, Schadstoffen oder Plastikbergen zu leben... anscheinend bewegt das später die Menschheit.

Sei unbekümmert und sage weiterhin NEIN auch wenn Mama insgeheim vielleicht oft ein JA besser gefallen würde ;) DU spürst was DIR GUT TUT und wenn du wen brauchst, der dir doch ab und zu mit Rat und Tat zur Seite steht, dann hole dein süsses „Mamaaaa" hervor und ich bin da. Wann? IMMER... genauso wie du mir IMMER mit deinen süßen Küssen danken DARFST. Schoki zum Muttertag brauche ich keine, dafür an allen anderen Tagen ;)

1000 Bussis, ich liebe dich!

Dein erster Fußabdruck...

... im Sand, am Papier, in meinem Bauch, in meinem Herzen? Wo auch immer wir unsere Fußab- drücke hinterlassen, verschwinden sie meistens recht schnell wieder. Wieso? Weil wir oft lernen, nicht zu viele Spuren an unserem Aufenthaltsort zu hinterlassen. Immer schön sauber und unauffällig bleiben heißt die Devise. BLÖÖÖDSINN!

AB SOFORT IST SPUREN HINTERLASSEN UNBEDINGT ERLAUBT! :) So wie heute passiert: Genial, das füllt das Herz mit unvergesslichen Erinnerungen und schenkt der Seele Wärme gepaart mit unend- licher Dankbarkeit! Plötzlich taucht da am Schirm des Ultraschallgerätes DEIN Fußabdruck auf, so markant als wärst du schon bereit deine ersten Schritte zu tun!

Wunderbar fertig wirkte er, dein Fuß... bereit für die Wanderschaft, für deine Welteroberung! Nimm dir aber ruhig noch ein paar Wochen Zeit zum Wachsen & Verstecken spielen, ok? Nämlich IN mir, bitte - danke... genieße deine kleine gemütliche Höhle und freue dich auf alles was kommen mag. Es wird ein Abenteuer, drinnen in meinem Bauch und hier heraussen mit uns auf dieser Welt, ich verspreche es dir. Wie es sich anfühlt wenn man in eine unbekannte Welt aufbricht? Da kribbelt es im Bauch. Wohin die Reise geht? Wenn ich es dir sagen könnte, dürfte ich es auch nicht tun ;) Selber erleben und lernen macht schlau und vor allem hinterlässt man so Spuren, die so einzigartig und unvergesslich sind, wie dein noch so kleiner Fußabdruck!

Wir freuen uns RIESIG auf dich und lieben dich heute schon bis zum Mond und wieder zurück. Mama, Papa & viele Bussis von Schwester Schmusebär

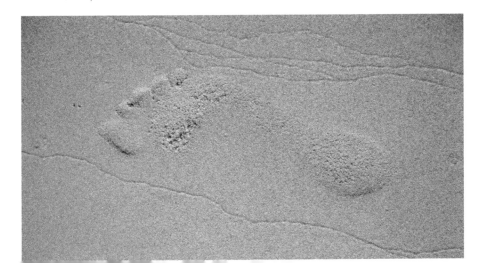

Mama ist verwirrt. Ist es wirklich nachhaltig, sich fort zu pflanzen und eine Familie zu gründen?

Wääää, Nachhaltigkeit! Ausgelutscht ist dieses Thema, Punkt. Alles und jeder will nachhaltig sein und jeder und jede Firma dreht es sich so hin, dass sie als nachhaltig erscheint - egal was dahinter passiert. Wie schaut's da bei uns aus? Ist die „Familie A&N" nachhaltig?

Um Wikipedia zu zitieren: „Nachhaltigkeit, lateinisch „perpetuitās", ist das Beständige und Unablässige wie auch das ununterbrochen Fortlaufende, das Wirksame und Nachdrückliche oder einfach der Erfolg bzw. die Wirksamkeit einer Sache." Tja, stopp: beständig, unablässig... ununterbrochen fortlaufend? Was wenn einmal kurz Funkstille im System eintritt, weil die an der Familie beteiligten Welten aufeinander prallen? Rumms... aus und vorbei mit der Nachhaltigkeit? Und wer bitte beurteilt den „Erfolg bzw. die Wirksamkeit" einer Familie? Gibt es so etwas oder haben wir hiermit erfolgreich eine Marktlücke entdeckt? :)

Die Zweifel am „System Familie" sind mir wohl gerade anzumerken... Zugegeben, schön langsam macht sich Spannung breit, wie wird es zu viert sein? Oft das Gefühl nicht einmal Zwerg 1 unter Kontrolle zu haben, den dicken Bauch nur mehr mühsam aufschwingen können, unendliche Müdigkeit und damit verbunden das grausige Empfinden nichts mehr leisten zu können und riesen RESPEKT vor dem „Herausquetschen"... wuuu!

Scheint noch viel zu tun zu sein für das Mama-Köpfchen im „Versum" bevor die Blase wieder platzt... aber kurz & bündig: Der weibliche Teil der „Familie A&N" erklärt sich momentan als verwirrt, müde & leer - obwohl prall gefüllt egal ob mit Gedanken oder Zwerg 2, auf den sich das Herz riesig freut.

Mit Nachhaltigkeit hat es wohl soviel zu tun, als dass sich dann das Gefühl wieder einstellen wird, den richtigen Weg gemeinsam gewählt zu haben. Zwerg 1 & 2 werden froh und munter wachsen, wie kleine Bäumchen, die in ein paar Jahren gut verwurzelt und gesund da stehen.

Wie nachhaltig Mama & Papa in der Zwischenzeit voranschreiten, ist eine andere Geschichte und könnte Bücher füllen ;)

Servus, pfiat Gott und Auf Wiedersehen im „neverending" Beziehungshimmel! :)

G'sundheit!
Warum nicht einfach mal drauf „pipi" machen? :)

„Seien Sie vorsichtig mit Gesundheitsbüchern - Sie könnten an einem Druckfehler sterben", wusste schon Mark Twain. Ja, es kann ganz schön in die Hose gehen, wenn man sich zuviel informiert ;) Aber gar nichts wissen wollen über Krankheiten („SCHAU, SCHAU - erwischt! Eigentlich geht's um Gesundheit und schon ist man bei der Krankheit!") geht auch nur dann, wenn man 100%ig dem Herzen und der Ganzheit vertraut und vieles einfach von „oben" sehen kann. Aufzeigen, wer von euch kann das?!? Vor allem wenn es um Kinder geht? Oder ist es auch nur der kleine feine Unter-schied zwischen „sich narrisch machen wegen einem Mückenstich" und sich auseinandersetzen mit einem gravierenden Gesundheitsthema. Hm, wo ist die Grenze? Nicht leicht... aber ihr Lieben, der altbewährte „Hausverstand" wird's schon richten!

Ich bin ja schwer dafür, dass wir uns wieder mehr auf diesen guten alten Herren verlassen - abge-sehen davon was er uns in den gelb-roten Nahrungsmitteltempeln verkaufen will. Dass Erdbeeren im Jänner KEINE Hochsaison haben und sicher zu der angepriesenen Zeit nix mit Gesundheit zu tun haben sei dahin gestellt.

So ein bisschen in sich reinhören, hm? Warum auch nicht auf eine kleine Schürfwunde „spucken" oder „drauf pipi machen"... ich find's super! :) Schadet keinem und bei uns wurde doch auch vieles so wieder gut und kosten tut's a nix! Natürlich, wenn wirklich DER SUPERGAU daraus wird, na dann sagt eh der besagte Herr im Oberstübchen „Ab, Hilfe von Experten holen!" Aber bis dahin darf meiner Meinung viel öfter fröhlich „gepipit" oder einfach nur liebevoll gehalten werden, Punkt! ;)

PS: Neugierig wie's Zwerg2 geht? Brav boxt das kleine Wesen im warmen Versteck, zumindest zum Zeitpunkt des Tippsens. Das Beste: die Hitze ist vorbei, Mamas Versum läuft rund & kraftvoll! Herbst, ich liebe dich! Die Vorfreude ist riesig das kleine warme Paket mit Papa und Zwerg1 im Leben zu empfangen!

Daumen drücken ist erlaubt -
DANKE euch, g'sund bleim & happy Herbst!

19

Über Geld, den Countdown vor der Geburt
und über viel wichtigere Dinge im Mamaversum

„Was, her mit da Marie!?!" Geld juckt mich gerade wenig. Ein Banktermin stünde zwar bevor, aber die aktuelle Zinsensituation lässt mich ruhig mit meinen paar „Schillingen" unter'm Polster schlafen ;) Es zu haben ist wichtig... aber ich investiere wohl gerade lieber in etwas anderes - Wertvolleres, Bleibendes, das Wachsen darf ohne dass mir dann überraschenderweise plötzlich irgendwelche Spesen verrechnet werden. Glückliches Wesen, hm? :)

In ein paar Tagen ist es so weit. Was? Eh schon wissen, kurz vor dem Platzen bin ich. Wenn's so einfach wäre, einfach platzen und da ist er, der zerknitterte kleine Zwerg! Vieles hab ich noch probiert in meinem Köpfchen zu verankern um den Respekt vor dem nahenden Ereignis unter Kontrolle zu bringen. Ja, ich habe Respekt vor der Geburt unseres zweiten Kindes. Nachdem ich ja schon einmal Hauptakteurin sein durfte - zumindest bis unser Baby dann da war ;) - ist es diesmal anders. Noch respektvoller... Geschickt wenn man Respekt sagt, klingt nicht so nach Angst, oder? ;)

Wird schon gut gehen, „drin is - aussa muass" & ALLES GUTE - unzählige Male gehört und es wird mir wohl noch ein paar mal zu Ohren kommen. DANKE dafür... wir werden es schaffen! Nur nicht zuviel darüber nachdenken. Eine Bekannte sagte: „Sieh es so, es ist wie auf einer Welle zu surfen. Lass dich einfach treiben, du kannst eh nichts selber kontrollieren - es passiert mit dir." Na super, ja ist es vielleicht gerade das, was mir diesen Respekt verschafft? Wie oft im Leben passiert es uns schon, dass wir „komplett ausgeliefert" sind? Eigentlich ja immer, aber unser Kopf lässt uns meinen wir hätten das Ruder in der Hand, je fester wir es halten, um so besser.

Ja, mag sein dass es Frauen gibt, die wirklich das Gefühl hatten „FRAU DER LAGE" zu sein in den Stunden der Geburt ihrer Kinder... Gratuliere, ich hoffe ihr habt es genossen & bitte meldet euch bei mir, damit ich erahnen kann wie das gehen könnte! :)

Ich werde euch berichten wie es war - dieses Mal. Ob mein Herz die Welle kommen und gehen hat lassen, oder... oder... oder... oder nix. ALLES WIRD GUT! Und das Beste: Geld spielt in diesem Fall wirklich KEINE Rolle, halleluja! :)

Es grüßt von Herzen die bald zweifache Mama aus ihrem Versum!

Geboren um zu LEBEN

16.10.2013, 07.17 Uhr: DEIN erster Schnapper nach Luft auf dieser Welt... zum Schreien? Nur kurz... da bist du! Unglaublich bewegend, schwer zu beschreiben. Unendlich dankbar.

„Alles ist gut, es geht uns gut!"... immer und immer wieder waren diese Worte in meinem Kopf bei der Geburt. Hat's geholfen? JA! Es geht uns „hundemüde gut"! :) Wie es war? Ein wunderbar positives Erlebnis. Ja, es hat wieder zum Schreien weh getan, aber Geschwindigkeit hilft ;) Ich wollte nicht fahren, als ich merkte das es losgehen würde. Aufräumen war wichtiger, mit dem schlafenden Zwerg1 kuscheln als wäre es ein Abschied, Nägelzwicken damit es Papa nicht so weh tut ;)...

Um 5.10 Uhr kommen wir doch im KH an. Papierkram, zzz. Gehen, gehen, gehen. Um 5.48h scherzen wir noch, ein schöner Moment. Ich dachte es dauere noch Stunden. Dann, Übelkeit und keine Lust mehr auf Davonlaufen. Der Befehl zum Hinlegen klingt streng. Echt, jetzt schon?

Aber SICHER nicht rein in die Krankenhaus-Kluft, bin ich krank? NEIN! Venflon setzen, geh bitte! Vertrauen auf Homöopathika & dem geschickten Hebammen-Händchen - DANKE! Dann plötzlich: „Fruchtblase aufstechen, dann geht's noch schneller!" NOCH schneller? Platsch. Ob ich gerne pressen würde? Oh ja! Angst? JAAA! Mann, dableiben, Klo gehen verboten! Aber: „Alles ist gut, es geht uns gut." Plötzlich der Ruf um die Ärztin: „Bitte zur Geburt!" Benebelt fragt mein Kopf:„Tatsächlich, jetzt schon?" Dann waren plötzlich viele Ärzte da. Mein Schreien war wohl laut genug, ups! ;)

Den Gewalten des puren Lebens freien Lauf lassen... ausgeliefert sein, es passiert mit mir. Ein Arzt kommandiert: „MUND ZU! Zusammenbeißen und pressen!" Zu Befehl! Dann wieder das mulmige Gefühl dass das Köpfchen nicht durch passt. Meine Bitte: „Holt es raus!" Niemand hilft. Pressen! Und irgendwie geht es sich aus!

07.17 Uhr: Spürbar. „Etwas" verlässt mich. Atemlos nur ein Gedanke: Ist alles gut? „Eine Krawatte... aber sonst, ALLES GUT!" „Wohl ein Bub", denkt mein Kopf. Nein, jetzt ist es fix dass auch Mädls Krawatten tragen dürfen! :) HALLO SCHATZ! Da liegst DU nun auf mir. Am Ziel? Nein, deine Reise mit uns beginnt hier. Ich spüre dich, ich liebe dich so sehr. Du bist warm, zerknittert und suchst nach mir... her mit dir, mein Herz gehört dir schon längst! Danke für dich in meinem Leben.

PS: Papa meiner Mädls, DANKE für dich & unsere Schätze.
Jetzt dürfen wir das liebe Leben leben.

Mama grüsst müde!
Schlaflos, müde? Nur eingebildet... oder was?

Bildung, Beruf? Gebildet: gefühlt WAR ich es einmal - Stilldemenz sei „dank". Berufen: jetzt zur Mama. Was „danach" kommt? Hm? Mama als Beruf zu bezeichnen, ist das berechtigt? Ja? Nein? SICHER!!! :) Mega-Multitasking-Mums (MMMs), ja so sind wir. Kleiner Auszug gefällig?

5:50 Uhr, irgendwo im Waldviertel: ein müdes Bussi für Papa. Tschüss & weg. Zur Arbeit. Baby quietscht: Jetzt, Hunger! Es folgt: Fröhliches „Busenschmusen" Teil 1 vom Tag. Gleichzeitig das Kommando: „Haale wuschteln!" von der halbträumenden großen Maus. Da ein Busen, dort Finger in den Haaren - alle happy und Mama mittendrin.

Irgendwann muss dann statt den Haaren doch lieber Kakao her und Mamas ganz normaler Tagtraum beginnt wieder.

Und sonst, alles klar? Baby wächst dank Mamas Busen wundergut! Mama wird jetzt von ihren Brüdern „Milchschnitte" genannt und grinst dankbar dabei. Genial, dieses System funktioniert - danke dem Erfinder! :)

Weiter? Mama und Papa sind zur Nachtaktivität berufen. Allzeit bereit. Finster wird's, das Sandmännchen steppt. Gibt der große Zwerg endlich auf mit „Haale wuschteln" und gehört mein Kopf kurz mir? Schläft die kleine Maus wirklich, oder macht es nach ein paar Minuten „bing" und sie ruft zum quietschvergnügten Plaudern aus? Angst & Panik davor? Ehrlich gesagt, es fühlt sich so an, ja. Schlaf ist derzeit „umkämpftes" Gut. Mama ist supermüde, Papa auch. Wer rastet? Wer klebt am Peziball? Jeder will nichts sehnlicher als schlafen, andererseits aber auch dem anderen Schlaf gönnen. Ein herausforderndes Spiel, es fühlt sich ein wenig nach Überlebenskampf an. Übertrieben? Nein, probiert es mal! Schlafentzug ist definitiv eine lästige Foltermethode.

Aber Babys haben's erfunden: Zahnloses Grinsen am Morgen & Mamas Hormone schalten um auf lieb haben. Alles ist gut!

Schlaflos? Eingebildet! In ein paar Monaten fühlt es sich sicher an, als wäre es nie gewesen. Dann ist alles vergessen... auf dass sich die Welt fröhlich vermehre! :)

Mamas Opa und Zeichen voller Wunder

17.02.2011, kurz nach 8 Uhr, im Auto auf der A1 bei Loosdorf. Plötzlich beginnen die kleinen Schutz-engelflügel, die an meinem Innenrückspiegel hängen, sich aufzubäumen. Es scheint als möchten sie davon fliegen. Bis heute ist der Moment präsent. Intuitiv schaue ich damals nach oben in den Himmel. Wää, nebelig grau. Irgendwie trotzdem das Gefühl die Sonne kämpft sich durch. Etwas besonderes passiert gerade, ich spüre es. Aber was?

Am späten Nachmittag sitze ich mit einer lieben Freundin zusammen. Das Telefon läutet. Papa. Er ruft sonst nie an. „Meintschal, schreck di net, da Opa hot heit an Bledsinn ghobt." Ein Stich blitzt durch meinen Bauch. Mir ist sofort zum K*. Der Stier im Stall - er hat ihn erdrückt. Machtlos. Auch ich. Opa war neben meinem Papa wohl der erste Mann in den ich verliebt war. Seine Nähe gab mir Wärme. Immer, und ich wollte noch mehr davon. Endgültig gegangen ist er kurz nach 8 Uhr in der Früh.

Völlig unzurechnungsfähig springe ins Auto, ich muss heim, ihn ein letztes Mal sehen. Wartet mit dem Abholen bis ich komme, bitte! Ich schaffe es, aber ER ist es nicht mehr der da liegt. Am nächs-ten Morgen stechen mir im Auto die Flügel wieder ins Auge. Die Flügel, ja, da war etwas. War es ein letzter Gruß von ihm? Von wem oder was auch immer. Es war da. Und vor allem: Nein, nicht der letzte Gruß! Bei seinem Grab liegt bis heute ein Stein wo drauf steht: „Danke Opa, für dich und unsere Engerl." Was? Unser großer Zwerg ist mittlerweile 27 Monate alt. Kurz nach Opas Begräbnis hat es angefangen. Traurig wollte ich nicht aus dem Bett & mir war schlecht. Dann, vom Arzt der errechnete Geburtstermin. Hallo, Gefühlsachterbahn! Irgendwann viel später war ich neugierig wann der s.g. „Tag der Empfängnis" war. Laut System war es der 17.02.2011. Zufall? MEINE Einbil-dung? Jedem das seine.

In meiner Welt existieren sie, die Zeichen. Die spürbar großen und kleinen Wunder. Die lieben und oft auch so lästigen Kräfte, die das Leben so herausfordernd und doch täglich so entdeckenswert machen. Danke Opa für unser Engerl und wem auch immer...

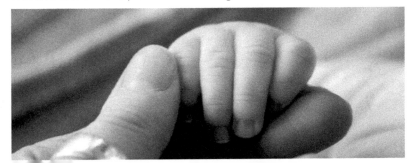

23

Mama, ab mit dir an die Luft!
Deine Freiheit wartet, jetzt!

Stell dir vor, ich steh drauf! Worauf? Auf die Bretter die heute ausnahmsweise meine Welt bedeu-ten. Zwei Bretter, ein Berg, die Sonne, ich und gefühlt sonst nix. Unglaublich. Berggipfel so weit ich schaue. Ich grinse. JETZT: für ein paar Stunden nur ICH. Abschalten, genießen. Fest zuschnallen, rein in die Schlaufen, abstoßen und die Geschwindigkeit inhalieren. Aber schnell - fast zu schnell spüre ich auch das Brennen. Nicht ganz fit? Erwischt. Wovon auch? Es zwickt, es knackt - ja aber: ES TUT GUUUT! Jetzt lüftet es richtig aus, das Hirn und das Herz jubiliert! Plötzlich der Gedanke: zu schnell? Was ist wenn was passiert? Ausblenden, rasch am besten. Alles ist gut. Durchatmen. Das Brennen in den Beinen lässt nach und ich spüre es. Fühlt sich so Freiheit an? Oh ja!!! Es gibt sie doch noch. Her damit! Gerade null Gedanken an Windeln, Wäsche & Co. - Genuss pur!

Nach ein paar Abfahrten ist trotzdem etwas faul. Freiheit juhu, aber etwas fehlt. Da taucht auch schon die große Maus ketchupverschmiert bei der Schihütte auf. „Mama schifahren!" schreit sie fasziniert. Oh jaaa... und du? Du wirkst happy, Pommes sei Dank. Aber heute ist sogar das gut so. Mit erwartungsvollen Augen strahlt der kleine Hase aus dem Wagen - dein erstes Mal in den Ber-gen. Egal. Du willst nur eines - Busen, Busen, her damit! Gerne Zwerg! Abschnallen und zurück in die andere Welt. Kurz abgedockt schenkst du mir wie zum Dank ein breites Lächeln. Ich könnte dich fressen.

Freiheit? Nein, ist es nicht... dafür ist es JETZT unbeschreiblich schön & lehrreich. Denn, für dich und deine große Schwester gibt es nur dieses JETZT. Jetzt ist meine Mama da und gibt mir was ich brauche. JETZT versteckt sich der große Schelm unter der Bank und will von mir gefunden werden. JETZT und nicht irgendwann. JETZT diesen Moment leben. Vergessen was vorher war und nachher kommt.

Das ist Freiheit! Kinder, wenn man sich das nur als „Er-wachsener" bewahren könnte, dann wäre vielleicht jeden Tag Sonnenschi-urlaub. Göttlich...

24

Bye, Love!
Hi, Love!

Schluss mit der großen Jugendliebe. Was? Ja, mein Herz blutet heute noch. Geschichten von Männerherzen die für Autos schlagen gibt's genug... aber darf auch mein Mamaherz für eines schlagen? Mein Mini, weg ist er & ich bin wehmütig. Warum? Weil sich am 1. Mai mit meinem Mini auch ein Stück meiner „Jugend" verabschiedet hat.

Gekribbelt hat's beim Kauf meines Gefährten. Stolz war ich, weil hart erspart & endlich wirklich gegönnt. Kinder? Damals kein Thema. Eine Freundin prophezeite: „Geh, kauf' dir den Mini, wirst sehen, in drei Monaten bist du schwanger!" Mhm, mein Mini zog ein, ein paar Monate später war mir schlecht und einen dicken Bauch später war ich liebende Mama mit einem kleinen Auto mit einem noch kleinerem Kofferraum. „Geht doch nie, wohin mit all dem Zeugs?", fragten viele kopfschüttelnd.

ABER: Happy waren wir, mein Mini, meine Mädls & ich und alles war möglich, selbst mit zwei kleinen Passagieren! Doch das Ende der großen Liebe nahte: Der Segen eines Firmenautos kam über uns und Papa-Autofreak wollte sich nicht so recht von seinem „spritzigen" Mazda trennen. Tja, zuviele Autos und ausgemacht war dass der der eher gehen „wollte" gehen musste ... „Sakra!" Weg ist er, mein Mini!

Noch immer nicht klar, was daran so brennt im Herz? Einerseits ist damit ein Teil meines Lebensgefühls von „davor" gegangen, nur ich & das Gefühl des fröhlichen „Gokart-Fahrens" ... andererseits, sitze ich nun im riesen Kombi und entspreche den Ansprüchen einer Mama, die viel Platz brauchen muss um mit zwei Küken die Welt zu erobern.

Ich hasse es Vorstellungen anderer zu entsprechen und somit sudere ich heute einmal auf hohem Niveau. Jawohl. Und ganz schnell geniere ich mich in Zeiten von Armut & Krieg anderswo schon wieder dafür, aber so „ver-rückt" sind unsere Welten.

Wer also ein riesen Geschoss gegen ein kleines Gefährt tauschen möchte, melde sich bei mir. Ich mag zurück in meine kleine Welt - es gibt nämlich auch Mamas die mit „Mini-Kofferräumen" allzeit bereit & glücklich sein können... „Hi, LOVE!"

Mama hat Pause...

... und was fängt sie damit an? Baby gurrt vergnügt am Sofa neben Papa, die große Maus schnurrt beim Mittagsschläfchen - endlich - und Mama kitzelt der Schreiberling. Was es auf sich hat mit der wohlverdienten Mamapause? „Gö, da tuast da schwer damit", hat der Papa der Mädls vorhin grinsend zu mir gesagt. „Jo gö", recht hat er.

Abschalten, ja eh, aber die Angst dann in einen frühzeitigen Winterschlaf zu fallen wenn Frau der Müdigkeit mal nachgibt ist dominant. Uije, Mamas Fuss zuckt! Babys Gurren klingt nimma amüsiert, was ist los? Mama könnte ja schnell aufhüpfen und nachschauen! Braucht sie mich, oder doch „nur" Papa? Er schafft es, gurren setzt wieder ein. Wisst ihr, was die weisen Buddhisten sagen? „Der Meister kümmert sich zuerst um sich selbst, denn nur dann kann er für andere da sein."

Klingt logisch und ja, Hut ab vor allen Mamas die es schaffen immer selbst gut umsorgtes Oberhaupt der Mannschaft zu sein. Verratet mir, wo ist dieser Regler? Eine, nein, MEINE Lebensaufgabe, ich weiß. Aber hört, was sagt man dazu: Sonntag ist, Tag des ruhenden Herren - DER Tag wo Mama gute Pausenchancen hat. Was tue ich? Ich hab verflüchtigt, alleine, in den Wald hinterm Haus, da verschwinde ich am schnellsten. Mein Wald - meine Welt, schon immer. Mit den Gedanken noch zuhause denke ich, ob man die Handgriffe zählen kann die wir Mamas am Tag so tun? Schnell was wegputzen, dort wem was bringen, da wen wegfischen - ganz einfach DIE WELT RETTEN!

Und dann steht Mama alleine mitten im Wald. Die Welt woanders dreht sich weiter. Hier, nur Vögelgezwitscher und soviel pure Energie. Auftanken, jetzt! Schau, wie sich der Wald verändert hat! Robust und gut verwurzelt sind die damals kleinen Bäume. Er wächst unser Wald. Und wir? Wir wachsen mit, Schritt für Schritt. Viel öfter ist jetzt so eine Waldauszeit am Programm im Mamaversum, so einfach ist das.

Denn, wie wir weisen Waldviertler
sagen würden: „Tut's der Mama gut,
tut's allen gut!" :)
Happy Mama-Auszeit allseits!

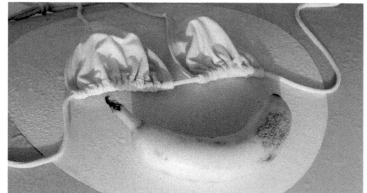

„Mama, warum?"
Über das Leben hier und im Himmel.

Wenn man genauer hinsieht ist das Leben voll bepackt mit einem Kommen & Gehen, einem sich Verbinden und einem meist traurig gestimmten Loslassen für immer. Als Kind, wie nimmt man das alles wahr? Was heißt es, wenn der liebe Opa plötzlich von fremden Männern weggefahren wird und so in den Himmel kommt? WARUM? Ja, warum? Wie erklärt man das einem bald 3jährigen Kind? Einige Wochen später dann mit einer bunten Zeichnung in der Hand plötzlich ihr Wunsch für den Opa zu beten. Es bewegt sie. So viele Fragen, sie kommen nur langsam hervor...

Jetzt ist es an der Zeit für Mama & Papa das große Leben zu erklären, obwohl es oft auch für uns selber so richtig schön unerklärlich ist. Das wir leben dürfen erscheint soviel greifbarer als das, was auf uns alle am Ende wartet.

Was kommt da auf uns zu und WARUM schaut der Opa jetzt von einer Wolke auf uns herunter und ist trotzdem bei uns? Ist es das, was wir unseren Kindern über das Leben lernen wollen, dass es auf einer Wolke endet - oder nein, weitergeht? Das sind dann die wirklich unverschämt großen Themen - wie leicht erklärt sich dagegen zum Beispiel dass unsere kleine Maus jetzt schon überglücklich zu stehen beginnt. WARUM sie das tut? Ganz einfach, weil sie das Glück hat gesunde Beine zu haben, die sie Schritt für Schritt durch's Leben tragen.

So viele schöne Momente, die Mama am liebsten für immer festhalten möchte. Sie, alle Lieben und das Leben auf dieser Welt loszulassen, das wird eine ganz besondere Aufgabe. Jeder von uns darf eine Welt für „danach" in sich erschaffen, ohne Angst davor zu haben. Aber wie können wir das DANACH in uns „reinlassen" wenn wir allesamt nicht wissen, was es ist, oder doch? Spüren wir es jeden Tag mehr & verliert es an Größe und Unfassbarkeit, je näher es rückt?

Ich vertraue auf etwas ganz Besonderes das uns und unsere Lieben da „oben" erfreut. WARUM? „Weil's a so is!", wie wir so schön zu sagen pflegen oder besser, weil das gefühlt meine Welt ist die ich hoffentlich meinen Lieblingen weitergeben kann.

27

Mama stellt fest:
„Das Leben ist lebensgefährlich.
Aber nicht zu leben ist auch keine Alternative."

„Die Stunde der Geburt ist die gefährlichste Zeit im Leben jedes Menschen", so der Verbandspräsident der deutschen Frauenärzte. Na, dann wäre ja für den Rest des Lebens alles geritzt - könnte man meinen.

Aber, was „lauert" da draußen alles, Denkanstösse erwünscht? Wie wär's da mit den ersten Antibiotika-Gaben (z.B. in die Augen) kaum sind sie da oder der vermeintlich „harmlosen" Popo-Creme, die die Schwestern gleich vorsorglich auf die heile Haut pinseln? Was dringt aus dem Plastikgemisch durch den dauerverpackten Popo ins Kind? Worauf und worin bettet man das kleine Wunder am besten? Wie giftig sind die Waschmittel die unsere Welt sauber zu machen versuchen? Welche Gifte geben die Kügelchen in den Stillkissen frei? Was ist mit dem Gewand? Je bunter und dunkler gefärbt, umso mehr Chemie sorgte für das Farbwunder. Und dann, bald nach dem Schlüpfen gleich eine ordentliche Portion Impfstoff - Aluminium & Co. suchen ihren Weg in den hilflosen Körper.

Irgendwann steckt der Zwerg dann alles in den Mund: Schmutz willkommen, aber was löst sich aus den Plastikbergen? Gute Nacht dank Babyphone? Ich denke AUFGEPASST Strahlenalarm rund um den süßen Schlaf! Die erste Mahlzeit: Bitte selber kochen, auch wenn viel Gutes vom Gläschen lacht, verstecken sich wahre Zuckerbomben darin. Vieles worüber Mama am besten erst gar nicht zu nachdenken beginnt. Oder doch? Nein, auch wir wohnen nicht in einer Hütte im Wald, ernähren uns von Beeren und tragen selbstgefilzte Kleider... leider, oder wie? Hm... das Leben an sich ist wohl wirklich lebensgefährlich, aber nicht zu leben ist auch keine Alternative ;)

Ich, Mama, überkritisch? Von mir aus. Ich bekenne mich „sehr sensibel" zu sein, durch die dünne Haut schicke ich Tonnen an positivem „Tschutschu" an diverse Dinge da draußen in der Hoffnung auf unser Bestes. Wie wär's damit a bissl mehr dem Bauchgefühl zu vertrauen? Auch mal anders sein, ruhig „NEIN DANKE" zu sagen zu vielem was uns die Industrie einreden will & Gesundheit einfach passieren lassen?

Alles GUTE und GESUNDHEIT!

Geschwisterl(i)eben

„Halla!", ich bin die kleine Schwester. Ich liebe mein Leben und grinse allem was mir in die Quere kommt breit ins Gesicht. „Angriff ist der beste Weg zur Verteidigung", sagt meine Mama immer. Lustig ist es hier! Ich bin jetzt ein Jahr alt, sag Oma, Opa, Tüt und natürlich AUTO und klettere mit Vorliebe auf den Wagen meiner großen Schwester. Von dort aus regiere ich dann die Welt und purzle schnell wieder runter um mein Revier weiter zu erobern.

„Gugug", ich bin die große Schwester. „Oh tschisas - life sucks", verkündet Mama wir wieder mal allesamt hundemüde abends den Weltuntergang zelebrieren. „Woasst, i bin scho soooo groß", er-kläre ich ihr dann am nächsten Morgen und sag schnell noch „i hob eh scho a Loft" (Kraft), damit ich ruckzuck aufstehen darf. Ich will ja nix versäumen. „Runter vom Gas", sagt meine Mama dann wieder... so viele Dinge passieren! Und da ist jetzt auch die kleine Maus, ihr wisst schon. Sie ist so lieb & lustig, dass sogar meine Omas und mein Opa mit ihr spielen ... und ich??? Was ist mit mir?

„Hurra", hier ist die Mama des Versums wo es gerade keine Sekunde fad wird. Heute vor einem Jahr bin ich wehend mit Angst im Bauch im Bett gelegen und wollte mein erstes Kind nicht loslassen, weil erstens Panik vor der zweiten Geburt und noch mehr Zweifel, Unbehagen & Ungewissheit ob man wirklich zwei Kinder gleich lieben kann.

365 durchzechte Nächte später ist sie da, die Gewissheit beiden Mädls in die Augen schauen zu können und zu sagen, ich lieb euch beide von Herzen & möchte keine Sekunde missen. Bedin-gungslos nennen es viele, da ist was dran.

Dennoch schnürt es mir die Kehle zu. Es tut weh, die große Maus so unter dem sonnigen Gemüt der kleinen Laus leiden zu sehen, obwohl sie damals genau so war. Mache ich etwas falsch? Ich hoffe nicht und versuche meine Aufmerksamkeit bewusst an euch beide zu verschenken.

Ich hoffe so sehr, dass euch das liebe Leben zusammenschweißt, ihr diese Geschwisterliebe spürt, wie ich es darf. Früher, oh was haben wir gekämpft... aber schon lange ist alles gut. Nie und nim-mer würde ich ohne meine Brüder sein wollen. Möge es auch für euch zwei Hasen so sein, ich bitte darum :) Danke liebes Leben!

Familie wächst zusammen

Ist Familie das, wenn der Papa der Kinder in der weiten Welt werkt und Mama aufatmet wenn er endlich in der Nacht heil heim kommt? Wenn die große Maus dann mitten in der Nacht fragt ob ihr Papa schon zuhause ist und ihn dann nicht mehr loslässt? Das ist wohl ein Teil des großen Konzeptes Familie.

Zugegeben, es hat gedauert, bis ich akzeptieren konnte, dass jeder etwas anderes unter „Familie" versteht und jedem seine Art & Weise lassen konnte. Für mich war/ist Familie der Kreis meiner engsten Verwandten & Freunde, unvorstellbar dass Großeltern und Eltern nicht dazu gehören. Für andere aber sind liebe Freunde zu Eltern und Schwester und Bruder gewachsen, ganz andere gehen ihren Weg lieber alleine. Stark.

Aber ohne zum Beispiel regelmäßigen Kontakt zu meiner Oma fehlt etwas. Schwach? Nein, vielleicht einfach von Kind auf so gewohnt. Immer ist es da dieses Gefühl Familie spüren zu wollen, zusammen gewachsen ist diese Bande. Wie es dann ist seine eigene kleine Familie zu gründen? Die Entscheidung fällt sehr wohl bewusst, aber irgendwie „passiert" es dann doch unbewusst - denn dass es eine Aufgabe ist wird erst viel später bewusst. Ja, gut fühlt es sich an... anders jedoch als das gewohnte Gefühl „Familie". Frischer und noch viel verwundbarer - das „System" darf sich erst so richtig „ent-wickeln". Jeden Tag wächst es, stärker wird es. Wir haben wohl noch nicht alles was wir uns erträumen, aber zusammen sind wir gefühlt alles was wir brauchen. Mein Lernprozess ist voll im Gange: Familie ist nicht von heute auf morgen - sondern will Zeit um zu wachsen, zu sein. Familie als Basis und Tankstelle fürs Leben mitzugeben wird unsere Aufgabe. Ich freue mich gerade jetzt auf ruhig-heimelige Stunden im Kreise meiner Liebsten & wünsch' euch allen da draußen für's neue Jahr viele glückliche, bewusst gemeinsam erlebte Stunden mit euren Familien!

PS: Mei Red: „Nichts ist wichtiger als das Ich zu lieben, das Du sein zu lassen und das WIR zu leben & zu genießen."

Unterstützen, nicht erziehen.

„G'sunde Watschn hagelts heute für Mamas Umgang mit den Kindern." Nicht echt, aber für mein Tun & Denken rund um Kindererziehung und Co. Hineinstöbern wollte & durfte ich ins Reich der „Waldpädagogik". Dass ich den Wald liebe & brauche ist nichts Neues, gepaart mit der lieben Pädagogik wird daraus eine Spielwiese, die unendlich entdeckenswert erscheint. Nie wollte ich viel über Erziehung lesen, viel mehr aufs Bauchgefühl hören und intuitiv handeln.

Trotzdem kleine Denkanstöße aus dem Reich der Waldpädagogen gefällig? Zugegeben, für mich waren sie ein „Aha".

Sabine Polatschek, vom Waldkindergarten Waldfexxx in Krems/Egelsee spricht weise Worte, die ich unbedingt mit euch teilen will: „Unsere Aufgabe ist es, Diener der Kinder oder besser: Diener des Lebens zu sein. Viele Verhaltensweisen passieren automatisch, oft unreflektiert und dem Leben in keiner Weise dienlich. Ein Kind, das über eine Wurzel stolpert und fällt - vielleicht weint es auch vor Schreck oder weil das Knie weh tut - wird nicht vom Boden hochgerissen und nicht möglichst schnell zur Ruhe gebracht mit den Worten „ist ja nichts passiert" oder „ist gleich wieder gut" usw.

Das Kind wird auch nicht abgelenkt, damit es schnell wieder ruhig wird. Erst sind wir einfach nur da und es ist natürlich, dass wir Körperkontakt aufnehmen, eine Hand auf den Rücken legen und dann ganz behutsam einen „Raum" öffnen, damit das Kind selber erkennen kann, was passiert ist. „Jetzt bist du ja ganz am Boden, deine Nase stupst ja fast an die Erde." Für uns ist es wichtig, im Mitgefühl da zu sein, bis das Kind selbständig und aus eigener Entscheidung wieder hoch kommt. In dem Moment wird bei dem Kind eine neue Kraft sichtbar, die von innen kommt. Weinen ist ein emotionaler Reinigungsprozess und oft bietet ein kleiner Unfall die Möglichkeit, alten aufgestauten Schmerz mit aus zu weinen."

In Liebe da sein, Kindern von gleich zu gleich begegnen, sie vollwertig sein lassen, mit ihrer eigenen Sicht der Dinge, das ist der große Vorsatz im Mamaversum 2015.

Die Kraft & das Vertrauen dafür wünsch ich mir. Bitte darum,
geduldig wie Mama ist, am besten gleich her damit! ;)

31

Energie ist...
wenn Mama trotzdem läuft.

Energie ist fundamental. Eine Größe die immer & überall eine zentrale Rolle spielt. So zentral, dass ohne sie alles nichts ist, alles kaputt geht. Was fehlt? Der Antrieb. Auf der Suche, energielos fühlt sich die Mama im „Versum" zugegebenermaßen öfter... unsicher ob man das überhaupt zugeben darf.

Aber positiv betrachtet liegt der größte „Berg" wohl hinter uns. Babyparties jede Nacht und das seit dreieinhalb Jahren hinterlassen Spuren, so ehrlich muss man sein. Der Brunnen scheint oft leer, zu sehen von weitem. Trotzdem: Aufgeben? Nie und nimmer! Denn Energie im Mamaversum ist wenn man trotzdem läuft.

„Zach", wie wir sagen. Irgendwie geht es immer & immer & immer weiter und jeder Zahn der schlussendlich wirklich durchbricht wird glücklichst begrüßt. Irgendwann erinnern wir uns sicher nicht mehr an die gefühlte Hilflosigkeit wenn Schmerz & Krampf ihr Übel verbreiteten wenn's draußen finster war und drinnen alles still sein sollte. Voller Tatendrang werden wir wieder sein, das Leben öfter gefühlt als federleichtes Kinderspiel...

Energiequellen finden Kinder einfach so im Vorbeigehen, wir „Großen" auch? Doch, ja! Sofern Frau genug Schwung findet um die müden Lider hochzuklappen und das Herz offen ist um zu empfangen. Und was dann? Pure Lebenskraft inhalieren! Diesen unbändigbaren, frischen, komplett freien und unbeeinflussten Eifer am Tun und Sein den die Sprösslinge ausschicken rein lassen. Gerade zelebrieren wir die ersten bewusst verteilten Küsschen der kleinen Maus. Mmm... Kraftlosigkeit? Weggeblasen! Schnell, schnell: alles aufsaugen, das Loch das da entstanden ist zuerst stopfen und dann einfach noch so viel wie möglich drauffüllen. Reserven anlegen, besser man hat sie als hätte sie. Das puschelige Eichhörnchen zeigts vor... noch eine Nuss hier und da, eine da und noch eine hier.

Energie ist überall, man braucht sie „nur" viel bewusster ins Leben zu lassen. Ob reinlassen, genießen, umwandeln, speichern... Mamas, Papas, Kinder JETZT raus mit Euch, Frühling heißt Kraft tanken! Sie ist da für uns...

Vom Vertrauen & Hirnauslüften

Do. 12. März, 20.19 Uhr: Wenn Mama alleine eine Reise tut, dann, ja dann ist ihr Tage vorher schon mulmig im Bauch. Die erste Auszeit alleine, ohne Kinder. Selbstverordnete „Abstinenz", ich will & muss etwas tun für mich. Was ich mir gönne? Morgen, ja morgen fahr ich nach Linz, denn dort beginnt für Mama ein neues Abenteuer :)

Schon lange fasziniert mich da diese eine Welt, es ist an der Zeit sie zu erforschen! „Cranio Sacrale Körperarbeit" sorgt für Bewegung, Gefühle die sich kaum beschreiben lassen. Genau das möchte ich lernen selber weiterzugeben. Lernen mit dem Herzen zu hören. Klingt wie? Gut & wichtig! Doch STOPP: die größte Herausforderung dabei scheint heute meine Mädls nicht mitnehmen zu können. Erwischt, bin ich ganz wackelig sie loszulassen oder ist es Bammel etwas Neues anzufangen ohne zu wissen wohin der Weg führen mag? Was werden meine Zwerge einstweilen machen? Urlaub mit ihrem Papa, so einfach ist das... klassisch mit Affen, Pommes, Ketchup & Co.

Mo. 15. März, 19.50 Uhr: Wie es war? Die große Maus schickte mich: „Mama, jetzt foa endlich." Danke. Ab also und kaum ist Mama weg, dann ist da plötzlich ein Gefühl, diese „eigene" Welt tut sich ein wenig auf und winkt verlockend zu. So wertvoll waren diese Tage, so beeindruckend der Einblick in eine Welt der Leichtigkeit. Absichtslos zu handeln werden wir lernen, wow!

Und ja, logisch, auch Tränen sind geflossen. Warum? Tja, wie ist das mit dem Loslassen? Schwer, ja. Doch, da, ein Traum: Du siehst deine eigene Beerdigung. Vor deinem Grab weinen deine Kinder. Das zu sehen ist unendlich traurig. Doch dann, dann siehst du sie heranwachsen. Sie sind glücklich mit ihrem Leben, alles ist gut. Vor allem siehst du sie getragen von einer so viel größeren Kraft die wir uns so oft nicht ausmalen können.

Wichtig, ich, die Mama? Hmm, schon, aber: wie wär's damit: Will ich ab jetzt täglich versuchen zu vertrauen, dass es da noch etwas gibt, dass auf uns & unsere Schätze aufpasst?

Ja, ich will vertrauen in die gute Kraft und dazwischen immer wieder schön das liebe Köpfchen auslüften ;)

Schon einmal bereut Mama zu sein?
Ja, es bewegt...

„#RegrettingMotherhood" erobert aktuell die Welt. Die Studie der israelischen Soziologin Orna Donath zitiert 23 Frauen die ihre Mutterschaft mehr als alles andere bereuen. Nie wieder würden sie Kinder bekommen. Hitzige Gefechte dazu verdeutlichen die Kraft dieses absoluten Tabuthemas.

Darf Frau so etwas überhaupt sagen? Psst! Sicher nicht. Sind das die echten „Rabenmütter", nur weil mit Kind DER Traum nicht in Erfüllung gegangen ist? Hm. Diese Erklärung kommt einem Gefühl ganz nahe das ich ab und an kenne: „Wenn ich tauschen könnte, würde ich das nächste Mal Vater werden." ;) Ja, ich sag euch was, es gibt sie diese Momente, wo ich mir denke „muss das sein?", „wozu?" und „waaa". Kämpfe wo geschrien, gestritten, gekratzt, gebissen – einfach durchgedreht wird und das emotionale Chaos Achterbahn mit mir fährt.

Es sind NATÜRLICH NICHT die unvergleichlich schönen Zeiten die Mama missen möchte... ich liebe sie, egal was sie tun und wie sehr sie fordern.

Doch wenn z.B. Krankheiten uns unerträgliche Angst & Panik bescheren... ja dann, dann trifft es uns wirklich in seiner größten Mächtigkeit, dieses Gefühl als Mama ver- und gebunden zu sein.

Das dieses ja, ich sage heute „Irrenhaus der Emotionen" eine riesen Herausforderung für jede Mutter ist, steht fest. Tauschen können wir nicht, wollen wir nicht. Ich nicht, nein, ich bin stark... zumindest versuche ich es jeden Tag aufs Neue :) Aber ich verstehe den Wunsch zu tauschen. Warum? Wer kann sich schon vorher vorstellen, was einen da als Mama erwartet? Niemand. Muttersein ist so bewegend, bis in die tiefsten Schichten berührt es uns... Missen, oh nein, niemals! Nur ab und an die Leichtigkeit des Papa-Seins mit dabei zu haben, das wär doch was!

In dem Sinne: HAPPY MUTTERTAG – JEDEN TAG – ihr Lieben... mit blauen oder bunten Flecken – auswaschbar egal, zersausten Haaren, ungebügelten Kleidern, dreckigen Geschirrbergen, Staubschlangen, Bröseln, Pommes, Mayo & noch wichtiger: ganz ohne Angst vorm Runterkugeln, das heißt Unmengen an männlichem Urvertrauen.

OH HAPPY DAY! :)

Nahe am Wasser...

... gebaut bin ich in letzter Zeit. Soviel Unfassbares passiert, da wird ein junger Mensch von einer Sekunde auf die andere aus dem Leben gerissen, beim liebsten Hobby. Einfach „nur" das Leben inhalieren wollte er. Wusch, tusch, vorbei ist es.

Die Frage nach dem WARUM ist da nicht weit. Ja, warum?

Man solle sich diese Frage nicht stellen, meinte der Seelsorger... die Antwort auf dieses Warum gibt es nicht. Es erschüttert mich bis ins Tiefste meines Herzens. Ist ein Stück Papier von dem wir runter-lächeln und ein Blumenbeet wirklich alles was von uns übrig bleibt? Nein, sag, dass es nicht so ist!

Es bleibt viel mehr... wollte genau das das zwitschernde Vögelchen in der Kirche während dem Requiem erzählen? Spuren hinterlassen in Herzen, das ist das Ziel, unauslöschlich sind sie. Nicht unmerklich packt Mama gerade die Krise ums Leben im vollsten Ausmaß. Es sind so viele intensive Momente, die so tief berühren... wo ich das Leben so spüre, wahrhaft inhaliere.

Ich will noch bleiben, noch lange nicht gehen! Bevor ich Kinder hatte, sagte ich zu einem Freund, es wäre ok gehen zu müssen - heute wäre es das gefühlt absolut nicht. Ich will dabei sein, mitten im Leben, in meinem Leben, in ihrem, in unserem Leben. Sie halten, mit ihnen „knutschen", sie schimpfen ;), sie begleiten wo sie mich brauchen, jede unserer Lebensfasern spüren, wie sie vor Lebendigkeit und Dankbarkeit beben.

Woher kommt dann diese sch* Angst, das nicht länger zu dürfen? Wohl daher, dass Dinge geschehen, die keiner fassen kann. Aber Angst, ich sehe dich! Ich nehme dich wahr, nun verzupf' dich ruhig.

Das Leben hier will mich und ich will es... egal ob nah am Wasser gebaut oder nicht. Aber schön ist es schon am Wasser, da kann man Dinge reinwerfen und ihnen zuschauen, wie sie verschwinden. Angst, schwimme mit!

Ich drehe mich um und das pure Leben fließt mir zu...

„Happy Holiday!"
Mama braucht Urlaub vom Urlaub

Ruhe? Frieden? JETZT?!? Ja, genau: Kein Kindergeschrei weit und breit, nur Sonne, See, Schokoeis, das Seemonster und ich. Geträumt? „Jahhhaaa!", würde Miss Sunshine sagen.

Mama beamt sich gerade oft in andere Universen. Heute der See..., es hilft, und ob! Meine Mädels & ihr Papa, die haben ihren Urlaub am Hausmeisterstrand neben Edmund und Co. bekommen. Mamas Körper war zwar bei 38 Grad C mit dabei... viel mehr angekommen bin ich dann aber im blitzblauen, zischenden Faakersee. Fakt ist: Wir Waldviertler-Seelen sind gebaut für Temperaturen unter 25,9 Grad C. Ist so und aus.

Goldes wert & unvergesslich war aber das Spektakel dass unsere Mädels am großen, blauen(?) Meer zelebrierten. Wasser marsch! Rein, raus, Salz im Mund? Egal! Mit Sand panieren, tonnenweise Muscheln bergen, Kübel fassen, Krabben jagen... Pause? Nicht nötig. Ebenso wenig wie die nach Urlaub duftende Pizza am Abend. Egal, Ernährung umgestellt auf Luft & Liebe.

Resümee der Reise auf einer Skala von 0 bis 10:
Erholungsfaktor gleich 9 für Meer- & Wellenfreak Papa, knapp unter 0 für Mama, die dahoam in gut gekühlten Standby-Modus gefallen ist ;) Die Mädels kommen jederzeit gerne wieder, am besten gleich JETZT, 1000 Punkte!

Fix: Mama & Papa werden wieder für happy Holidays sorgen. Mama packt die Kühltasche ein :)

Wohnträume im Mamaversum

Bitte ich Zwerg 1 (bald 4) zum „offiziellen" Interview und frage sie, wo und wie sie wohnen möchte, quietscht sie nur „blabla, quaqua" und sprintet davon. Minuten später serviert sie mir überschwänglich eine Zeitung und sagt: „Mama, schau! Ein Wohnboot!" Ein riesen Schiff das auf der Donau unterwegs ist... ein Wohnboot also, naja. Tags darauf erklärt sie mir, wie „gei*" - ja, bald 4 - nicht so ein Baumhaus wäre :) Papa hätte auch gern eins, meint sie.

Mhm. Beim Zeltaufbauen im Garten ist Zwerg 2 (bald 2) ganz dick da und lädt mich zum „heiti" in ihre lauschige Höhle. Wir könnten doch auch am Balkon schlafen, sagt der Papa strahlend... von dort aus beamt er sich flugs in sein Haus am Meer. Dort könnte Mann den Tag mit surfen starten und beenden, dazwischen zwei Stunden arbeiten und den Rest des Tages das Leben leben. Hm. Wer bittet Mama zum Interview? Am besten keiner, da unschlüssig ob der Lösung. So ein Haus im Wald, am See? Im Sommer, her damit! Wenn der Herbst das Seengebiet in Grau hüllt wäre ich schnell auf der Flucht in Richtung Sonne. Im Winter bitte dringend Schnee, Frühling und Herbst ist überall die schönste Zeit und noch was: Sommer nur unter 30 Grad. Sonst noch Wünsche? Nein. Frech? Ja!!! „Die süßesten Früchtchen" sind für alle da... dran glauben, sie im Herzen einziehen lassen darf man sie.

Wir leben bei uns ja gefühlt sowieso im Paradies, Augen auf! Warum in die Ferne schweifen, wenn das Gute liegt so nah? Den Wohn(t)raum zu basteln, liegt in unser aller Hand. Eine gute Übung dahin wäre die kleinen Dinge zu schätzen, die vor der Haustüre warten. Ob bunter Blätterwald, knackfrische Karotten aus dem Garten, strahlende Kinderaugen vor dem Wasserfall,...

Zuhause ist, wo dein Herz ist. So einfach ist das. Das nötige Geld zum Lebenstraum schneiden wir uns einfach selber aus,... dass war das „Tüpfelchen am i" aus dem Interviewmit Zwerg 1, die nicht vergessen, bald 4 wird.

Noch Fragen? ;)

Alles ist gut.
Seelenhygiene für Mamas Herz

Es ist Zeit sich zu verpuppen, jetzt! Draußen düster, drinnen vermummen & Resümee ziehen.

Da war er, der erste Kindergartentag! Kribbelig vor Vorfeude war sie und klar wollte sie gleich mit dem Kindergartenbus fahren! Da kommt er!!! Aber, da, da war noch kein einziges Kind im Bus zu entdecken! Ganz groß wurden ihre süßen, neugierigen Augen und bei Mama standen alle Anzeichen auf Alarm. Mein Mama-Herz blutete. Mein Angebot „Ich bring dich mit dem Auto hin" war draußen, aber der stolze Papa, seineszeichens Mr. Urvertrauen, meinte: „Du machst das schon!"

Als die liebe Busfahrerin dann verkündete, wo die Reise hingehen würde, blitzte ein verschmitztes Lächeln aus ihrem Gesicht. Alles schien gut. Noch ein kurzer, umso „dickerer" Kuss und schnell raus aus dem Bus... damit, naja, niemand „Falscher" namens Mama dort sitzenbleibt. Dann, der Blick dem Bus hinterher, hm... „Weinst du?", fragte der Papa. „Nein", sagte eine zittrige Stimme aus dem irgendwo. Jaaa, da war ein Knopf im Hals und ja, ich war überwältigt von diesem Moment. Der erste richtig große Schritt in IHRE eigene Welt. Hm. Gut so? Sie liebt ihr neues Universum und nein, sie braucht mich dort nicht. Gut so? Gut so. Warum? Weil sie mir das Gefühl gibt, dass es ihr „cool" :) geht & sie wirkt, als wäre ihr Weg dorthin ein GUTER gewesen.

Und noch was: Ja, sie hat in meinem Mamabauch viel mitbekommen, Trauer, Stress, Streit, Sorgen und Co. Aber, sie hat auch immer und immer wieder meine Stimme gehört, als ich ihr vorgesungen habe. Sie hat mich gespürt, als ich ihr über den Kopf gestreichelt habe, oder ihre Beine gekitzelt habe, sobald nur irgendwo am Bauch eine Regung zu spüren war. In jeder Minute ihres Daseins habe ich nach bestem Wissen und Gewissen versucht ihren Rucksack gut mit Liebe & dem Gefühl willkommen zu sein zu bepacken. Gelungen? Hm. Oft denk ich mir: „Nein, gar nicht". Da bin ich aber meist selber komplett neben der Spur und erfreue mich meiner Schattenseiten.

Also, noch mal die Frage: Gelungen? Ja, gelungen! Gut so Mama, weiter so Mama!
Gute Reise, mein Schatz, ich hab dich soooooooooo lieb!

Von Kakao mit Gurkerl und anderen „wurschtigen" Delikatessen

Nein, niemand ist schwanger. Wenn im Mamaversum oft viel zu früh die Augenlider von Miss A. 1 & 2 aufgerissen werden, heißt es sofort: „Owi wü i, Kakao!" Im Idealfall scheppert der liebe Opa der Mädls dann schon mit den Töpfen und noch „idealererweise" stehen schon zwei kleine Häferl mit feinstem Milchkakao am Frühstückstisch. Runter damit, oft in einem Zug.

Seit einigen Wochen wird der morgendliche Kakaofluss dann ganz plötzlich mit einem Sprung zum Kühlschrank unterbrochen."I Guakal wü", sagt dann die kleine Laus. Essiggurkerl zum Kakao, oh ja! Wer braucht schon Honigbrot und Müsli? Nur was für Weicheier so früh am Morgen...

Weiter geht's mit der Jause für die Kindergarten-Maus. Wünsche? „A Gsöchts". Sonst noch was? „A Gsöchts". Mhm. Mama fügt schweigend noch ein paar Scheiben Gurke, Brot und ein paar Apfel-spalten hinzu. Zu Mittag, was kommt in der Jausenbox retour? Brot, Brot und wieder Brot. „Gsöchts" verputzt, Reste von Apfel und Gurken sind feststellbar.

Kaum raus aus dem Kindergarten-Bus die Frage: „Was gibt's zu Essen?" Mama läuft das Wasser im Mund zusammen und versucht leckere Kürbissuppe, Hirseauflauf und Obstsalat anzupreisen, mmm! Stille. Zu Tisch beim Versuch die Suppe zu kredenzen: „I wü a Fleisch!!!" Mhmm... waren's drei Löffel Suppe und null Bissen Hirseauflauf? Exakt. Quasi vergeudete Stunden in der Küche: 1,5... die 15 Minuten für den Obstsalat rechnen wir einfach nicht mit.

Die kleine Laus holt sich brav gestärkt mit Suppe nach dem Schläfchen ein buntes „Zwergerl" aus dem Kühlschrank. Mama „hüpft" innerlich vor „Freude". Mit leiser Vorahnung entern wir um halb vier den örtlichen Greissler. Zwei scheinbar plötzlich erwachsene Kinder stürmen zur „Wurstbudl" und bestellen WAS? Mama klinkt sich innerlich aus und denkt: „Eh alles Wurscht."

Zwischendurch gibt's Beeren, Gurke, Apfel & Co. Irgendwann wird alles Früchte tragen, vielleicht ja doch auch Mamas Geschmäcker in des Versums Küche ;)

„An Guatn!" :)

Mamas Sehnsucht nach Frieden

Ich fühle es wird gerade oft ganz schön eng für uns alle. Wir, die Großen, die da draußen Angst und Hass schüren und uns komplett verunsichert mitwirbeln lassen von einer Spirale, die in purem Horror enden könnte. Wir, die Großen, wir verstehen alles, reden gscheit, wettern was das Zeug hält. Ja, mir wird alleine beim Zuhören ganz anders. Am liebsten möchte ich mich dann mit meinen Mäusen in unserem Loch verkriechen und uns gut mit Sternenstaub bezuckern. Hier ist alles gut.

In mir „wurrelt" bei diesem Thema am allermeisten, wie ich meinen Lieblingen diesen Wahnsinn erklären soll - sollten sie jemals fragen. Oder muss ich nichts erklären weil sich die Welt bald zum Besseren drehen wird? Oder muss ich sie doch darauf vorbereiten, dass nicht alles Sonnenschein ist da draußen?

Meine kleine Welt, in der die Liebe regieren will ist oft leicht zerbrechlich. Ich bin sicher, es ist meine Entscheidung nicht bei dieser Geisterbahn der Angstgedanken mitzufahren. Bin ich stark genug, da einfach auszusteigen und mir und uns ein „heiles" Versum zu basteln? Es heißt ja immer, dass all der Krieg der da herrscht auch in jedem von uns ist... gäbe es ihn sonst? Wollen wir nicht alle ganz EINFACH probieren, diesem Krieg den Rücken zu zeigen und uns auf der anderen Seite ein liebevolles Dasein schaffen?

Und ja, es müsste schon auch für uns SELBER sein... ich würde es ja sofort für meine Kinder tun. Aber ihr Lieben, da müssen wir uns jetzt alle fest an der eigenen Nase nehmen und uns den Frieden SELBER ins Herz holen. Jetzt, hier, sofort und so oft wie möglich. Bitte!

Ich will meine Schätze nicht in meine glitzernde Mäusehöhle locken müssen, um in Zufrieden- und Dankbarkeit an unserem Schokokäsekuchen zu naschen. Ich will es hier und jetzt tun! Darf ich euch damit anstecken, dass die Welt gut ist, wenn wir all den schönen Dingen in unserem Leben eine Chance geben unser Herz zu erwärmen. Hm???

Für dich & mich, deine & meine Kinder, den Nachbarn & seine Kinder und und und...
Fried-frohe-Zeiten uns allen!

41

Ausgezeichnet!

Unsere große Schifahrerin hat ihren ersten Schikurs mit „ausgezeichnetem Erfolg" absolviert. Gestrahlt hat sie, als sie das erste Mal auf den ganz großen Kinderlift durfte. Alleine rauf, eh klar! Und erst das Runterdüsen, so ein Spaß… Mamas Schifahrerherz hüpft noch vor Entzücken! Nur bei dem Wort „Ausgezeichnet" auf ihrer Urkunde kommt mir das Gruseln… warum? Wie viele Prüfungen habe ich während der Schul- und Studiumszeit mit „Sehr gut" bestanden? Wohl das meiste… Grund zum Angeben ist das aber heute keiner für mich, warum? Weil ich mir von den meisten Dingen die ich damals scheinbar sehr gut wiedergeben konnte gefühlt genau nichts gemerkt habe. Soviel zum Thema wie gebildet ich bin ;) laut Dokumenten „sehr", mein Herz sagt, es gibt Wichtigeres!

Meine Gehirnwindungen fühlen sich sehr verzwirnt an, wenn ich daran denke, was meine Kinder in ein paar Jahren alles lernen „müssen" und was sie davon dann im Leben wirklich brauchen werden… Schreiben, Lesen und Rechnen könnte ich ihnen sicher für den täglichen Gebrauch selber lernen, Schifahren, Kochen, Putzen, die Liebe zur Natur wohl auch… Integralrechnen und Statistiken, pfuiiii, da bräuchten wir einen Experten!

Welche Kämpfe uns ins Haus stehen wenn ich meinen Mädls sage nur das zu lernen was sie wirklich interessiert und sie vor allem von Herzen gerne tun, ich bin gespannt! Und ihr Schätze, das Wichtigste, vergesst nie, ihr habt den Wert von purem Gold für mich, auch wenn auf irgendeinem Zettel einmal „Nicht genügend" steht. Wir genügen nicht nur, wir sind die beste Idee von irgendjemandem, wären wir sonst hier?

Ich glaube und hoffe, es wird sich viel, viel tun in den nächsten Jahren im Bildungssystem, und wisst ihr was, ich freue mich drauf! 1. Stunde: Selbstliebe & Selbstwert pflegen und tun was dir am meisten Spaß macht und gut tut. 2. Stunde: auch einmal still sein können und nichts tun dürfen. 3. Stunde: Bewegung & Kreativ sein egal ob mit Musik oder Pinseln.

4. Stunde und den Rest des Tages:
das Leben mit den Lieben genießen,
jetzt.

Das verdient sich eine Auszeichnung :)

Von der Umwelt, dem lieben Hausverstand
und dem Biss in den Apfel aus Omas Garten!

Über unsere liebe Umwelt nachzudenken ist ein ganz schöner Brocken, vor allem mit Kindern an Board. Viel lieber würde ich ihnen einen „echten" Winter, wie damals, präsentieren: meterhohe Schneewände und Minusgrade, knirschender Schnee. Wir nutzen jede Flocke um das Wintergefühl zu inhalieren... freuen uns aber gleichzeitig wenn im Sommer die Seen superwarm zum Baden sind.

Soll ich mich heute als Mama fragen, wie viel ich selber zum Klimawandel beitrage? Gerade hatten wir die „Erdbeeren-im-Winter" Diskussion im Supermarkt. „Sicher nicht", faucht Mama. Gleichzeitig klettern Bananen und Kiwis für die Kleinen aus irgendwo in den Korb. Um nix gscheiter und die liebe Katze greift sich auf den Kopf und beißt sich dabei gleichzeitig in den eigenen Schwanz.

Der Papa der Mädls meint dann immer, dass wir uns doch auch was gönnen dürfen, wenn das Angebot schon da ist. Stimmt, aber so manches muss echt nicht sein. Ich würde es gut aushalten mit Erdäpfeln und Karotten im Winter... wohl auch die Kids wenn sie dementsprechend „bedient" würden. Die Frage ist nur: Wo ist die Grenze zwischen purem Genuss und gutem Gewissen? Hm...

Worauf ich gerne verzichten würde, sind die Tonnen an Plastik, die wir mitkaufen und mitessen. Schon mal richtig bewusst aufgepasst, was alles an Plastik mit nach Hause fährt vom Einkauf? Dieser Müllberg - gruselig! Was ist die Alternative? In den Bioladen nach Linz düsen, wo es nur unverpackte Lebensmittel zu kaufen gibt? Auch Wahnsinn, eine Stunde Luftverpesten und das gleiche wieder retour. Das richtige Maß von hier und da zu finden ist wohl wieder mal der beste Weg. Vor allem aber eines möchte ich meinen Mädls mitgeben: kaufen was vor Ort zu haben ist! Die lieben Bauern freuen sich zwei Haxn aus, wenn wir Milch & Eier holen. Auch „dosiges" Gemüse, Obst & Nudeln lassen sich gut auftreiben, wenn man nur will... und das Beste, es wächst sogar hinterm Haus, falls die Gartenmuse küssen darf!

Wir dürfen alle gemeinsam gut auf unseren Planeten aufpassen, ohne den beißen wir ins Gras. Da ist es mir viel lieber meinen Mädls beim Biss in den Apfel aus Omas Garten zuzuschauen :)

43

„Alles im Grünen"
bei der Suche von Mamas Nervenfutter

Die Hasen liegen flach. Am Himmel im Mamaversum tauchen zeitgleich mit Schlaflosigkeit richtig fette Gewitterwolken auf. „Gewitter sind reinigend", heißt's ja immer. Da pfeif i drauf! Wenn die Funken nur so sprühen, wirkt es als wäre es der Weltuntergang. Spitzenmäßig spannend, sich und alle drum herum in einem Stück zu retten. Kaum fehlt der gesegnete Schlaf, schreit die Unsicherheit „Hurra!" Kennt das sonst noch jemand da draußen?!? Nein? Echt? Stimmt nicht, ich habe mit fadem Auge nachgefragt und für alle Mamas und Papas eine extra Portion Schlaf auf Vorrat bestellt. Sicher werden die Kleinen wieder fit & danke dafür! Das „Dranhängen" kostet aber soviel Kraft, dass Mama sich nach Inspirationen sehnt um die lieben Akkus wieder aufzutanken. Hm...

Der Einser-Schmäh & bester Freund aller Nervenfuttersuchenden? Exakt! Schokolade! Ja, das ist die Lösung Nummer 1. Immer da, Glückshormone versprechend und vor allem immer so schön ruhig & widerstandslos. Falls die Freude an der Schokolade aber nur kurz anhält, dann doch lieber im Klo einsperren? Klingt verlockend, ist aber keine Lösung... Geräusche dringen durch, außer ihr habt schalldichte Türen am stillen Örtchen, dann gratuliere ich dazu! ;)

Doch besser tief durchatmen? Lösung Nummer 2. Immer & überall möglich, kurz ein Schritt zurück und sich rausbeamen. Versuchen die Gefühle wahrzunehmen und sie vielleicht sogar zu bezeichnen. Es könnte sein, dass sie sich dann kurz in Luft auflösen! Echt? Ja, echt. Trotzdem, wenn alle Stricke reißen: Davonlaufen! Lösung Nummer 3. Oh, ja!!! Weit, weit weg, raus an die Luft, zuerst schnellen Schrittes, dann runterfahren, den Blick auf die kleinen Dinge wie das süße Marienkäferl konzentrieren und so die Dankbarkeit im Mamaherzen wieder einkehren lassen.

Was inzwischen zuhause los ist? Dort sind die Zwerge gut versorgt, es wird weiterhin Achterbahn gefahren und flugs sitzt Mama beim Schritt durch die Tür auch schon wieder in der ersten Reihe.

Also,
alles im Grünen!

Mobilität ist...

... wenn man trotzdem fährt. Im Versum von „Fr. Chef klein" haben wir gerade die „Anziehen ist su-per-sch*"- Phase. Wenn dann auch noch jemand zur Hilfe kommt weil es schnell gehen soll, bricht die Welt mit Bum & Bäng zusammen. Die Mama im Versum hofft dann oft es möge mich jemand erhören oder am besten keiner hören!

Alleine ein Mini-Trip raus wird da zur Nervenprobe. Warum die Mama im Versum sich das antut? Hm... ja, wenn beide dann mal sitzen oder laufen, singen wir entdeckenderweise. Doch, blitzartig macht's wieder Bäng im kleinen Köpfchen und Mama wünscht sich in ein Mäuseloch. Lange Rede - kurzer Sinn: Mobil ist Mama dann, wenn sie trotzdem fährt...

Aber und überhaupt, kommt der Terror einfach daher, weil unsere Kinder viel mehr spüren, was sie wollen? Wer gibt hier den Rhythmus für das tägliche Leben vor?

Ein Ausflug in den Wald gefällig? Doch lieber getragen werden oder selber laufen? Wir klettern durch die dicksten Büsche und über jeden Stein, beim Landen auf der Nase nur: „Loss mi, i a söwa kau!" Das nennt man mit 2,5 Jahren wohl mobil sein. Dabei stets mobil im lieben Mama-Kopf zu bleiben ist herausfordernd.

Doch halt, da fällt mir die liebe Schnecke mit ihrem Haus von gestern ein. Die ist uns über den Weg „gelaufen", als wir gerade vom Wald heimgeklettert sind. Unsere große Laus ist daran vorüber ge-hopst, keine Zeit für so Kleinigkeiten. „Frau Chef klein" hat DANK ihrer Sturheit, nein sagen wir besser, DANK ihres bewusst gewählten Speeds die kleine schwarze Schnecke doch entdeckt. Flugs hat diese ihre Fühler eingezogen und war in ihrem Häuschen verschwunden.

Ich habe die liebe Schnecke mitgenommen, als große Inspiration für das „Aha" zum Tag. Die kommt ja auch an IHR Ziel, egal wie schnell.

Vielleicht macht uns oft nur unser Hoch-Geschwindigkeits-Leben selber zu schaffen? Wieso nicht mit Bedacht unsere Kleider wählen, essen was wir wirklich wollen, bewusst über Stock und Stein klettern - und das alles in unserer eigenen Geschwindigkeit???

45

Von der Sucht nach purem Leben und Genuss

Wie es so ausschaut mit den Süchten & Gaumenkitzeleien in unserer Familie? Mama hätte grad Lust auf Butterkeks getunkt in Kakao mit Chai-Küsschen, sehnt sich nach warmen Zehen und merkt um 20:39 Uhr wie sehr sie vom frisch gelüftetem Bettchen angezogen wird. Der lieben Herzenspassion folgend, tippst sie aber gerade an dieser Kolumne und begrüßt ihre Gier nach immer neuen Wörtern und Buchstaben-Spielereien mit einem Grinsen im Gesicht.

Papa vergnügt sich gerade im Bett beim österreichischen Krimi und Schlaf-Kindchen-Schlaf-Singen, er ist müde von der Geschäftsreise und sehnt sich süchtigerweise nach Kuscheleinheiten von seinen Mädls. Eine kleine Fessel am Fuß die sich Arbeit nennt, weckt ihn Mama dann nochmal auf, damit der liebe Email-Verkehr nicht abbricht und das Entzücken zwar nicht im Bett, dafür aber im Kopf weitergehen kann.

Die Zwerge, die genießen gerade den Anschluss an ihre Ladestation, die sich in diesem Fall Daunenfedern auf Zirbenbett nennen. Wie göttlich es sein kann auch einmal abzuschalten, dass zelebrieren sie ganz unbewusst. Der Anblick dabei ist unbeschreiblich schön und erfüllt Mama jedes Mal mit tiefer Dankbarkeit für dieses Wunder. Morgen früh öffnen sie dann quietschvergnügt ihre Augen um ihre Sucht nach purem Leben wieder stillen zu können. Jeder Tag ist für unsere Kinder gefüllt mit tausenden Sinnesfreuden, Augenweiden, Schlemmereien, einfach gesagt: purer Lebensfreude.

Süchte, hm... haben sie die auch schon? Zwerg klein sucht ständig nach frischen Tomaten und Gurken und erwischt, oft auch ihren Tip-Toi-Stift. Zwerg groß kommt oft mit Heißhunger nach Süßem vom Kindergarten heim, giert so richtig nach Zeit mit ihren Busenkumpeln und lebt pure Neugierde gepaart mit Heiterkeit beim Buchstaben-Lernen. Und, im Lego-Fantasie-Land mit Papa kann es nie das letzte Stück gewesen sein...

Sonst noch Fragen?

Süchte haben wir doch alle, oder? Aber sicher nur deshalb um unsere größten Lebensträume zu erfüllen. Und du, suchst du noch, oder lebst du schon deine Träume?

Mamas Traum von der „heilen Familie" zur Urlaubszeit

„Wenn Mama eine Reise tut, dann kann sie was erleben." Unsere „Seensucht" wollten wir im Salzkammergut stillen. Ausgangslage: Mama müde, Papa ok, die zwei Urlaubsbienen aus dem Häuschen ob der neuen Entdeckungen die sie sich erhofften. Angekommen waren wir alle „wukkiiii", die Stimmung explosiv. Am zweiten Tag packten wir in Gedanken schon wieder unsere sieben Zwetschken: „Erholungsfaktor null", dank Geschrei beim gruseligen Touristen-Essen am Berg, zuviel Sonne und damit planken Nerven der sensiblen Gemüter der Beteiligten.

Warum können wir uns nicht einfach einmal gemeinsam erholen? Weil, ja weil Erholung scheinbar für jeden von uns anderes bedeutet: die Mädls wollen „Action" und die Füße ins kalte Wasser stecken. Papa will sich beim Berglauf abreagieren und Mama sehnt sich nach Stille, wie passend! Dann queren wir eine Familie bei der das gleiche Urlaubs-Heck-Meck abläuft... aber, haben wir nicht alle ein Bild der „heilen" Familie in uns, vor allem im Urlaub?

Da fiel mir ein wunderbares Buch in die Hände: „Die Brücke zu dir" von Sandra Velásquez. Sie schreibt so heilsam: „Die Familie ist nicht der Ort, wo das vollendete Glück zu finden ist. Die Familie ist der Ort, wo wir lernen, Menschen zu werden. Mensch zu werden bedeutet, dass wir erst in Verbindung mit anderen unsere Grenzen wahrnehmen und erleben. Wir erleben in der Familie die ganze Palette emotionaler Zustände: von Zuwendung und Zusammengehörigkeit zu Angst, Eifersucht, Wut und Enttäuschung. Wenn wir unsere Grenzen spüren, lernen wir, wer wir sind, denn Grenzen sind die Konturen, die uns definieren. Wenn Menschen zusammen leben, sind Reibungen und Hitze unvermeidbar. Doch wo Reibung entsteht, glätten sich auch Kanten, damit die Kontaktstellen besser zusammenpassen. Ohne die familiäre Reibung würden uns die vielen Facetten des Gefühlslebens entgehen, sowohl die schönen als auch die mühsamen, die uns seelisch bewegen."

Und sich „bewegen" heißt schließlich weiterkommen... frohen Ausflug ins echte Leben!

47

Traumhäuser werden wahr

Sommer, Sonne, Ausflugszeit: Im Kunstmuseum in Schrems sind wir gelandet. Dort haben wir zufällig eine Ausstellung zu „Traumhäusern" entdeckt... schöne Bilder, bunte Bilder, komplett abstrakte Bilder, mich gruselnde Bilder, bekannte Werke von F. Hundertwasser und „merk-würdiger" Weise ein Bild einer Arche Noah, die tatsächlich gerade irgendwo gebaut wird. Makis E. Warlamis hat sich jahrelang mit dem Thema Raum-Haus-Kunst beschäftigt, manche seiner Häuser können fliegen, andere leuchten, andere fließen ineinander... alles ist möglich, wie im Traum eben oder im Kopf von Kindern.

Unserem großen Zwerg blieb beim Anblick der Arche Noah der Mund weit offen. Sie hätte gern so ein großes, buntes Wohnboot mit Tieren drauf. Witzig, das wollte sie vor einem Jahr auch schon! Der kleine Zwerg war Feuer & Flamme fürs Kasperlhaus, wo Papa kurzfristig als Held der Show eingesprungen ist. Mama hat wieder einmal fasziniert, was möglich ist, wenn man den Träumen ihre Freiheit gibt...

Was ich danach nicht so ganz verstanden hab, war der Anblick der Baumhaus-Lodge in Schrems. Sicher klingt es cool, in einem Baumhaus zu wohnen, aber naja, so a bissl Boden unter den Füßen zu haben, ist doch auch praktisch. Vielleicht war mir das Projekt aber auch deshalb zu abstrakt, weil der Wald rundherum so verwahrlost ausgeschaut hat. Auch vermeintliche Traumhäuser brauchen Liebe und da und dort ein Blümchen, sonst gruselts Mama zuviel im Kasten.

A propos Gruselkasten: vor ein paar Tagen sagte eine weise Dame zu mir: „Weißt du was, wer braucht schon ein Traumhaus? Viel wichtiger ist es, dass du dich in dir und deiner Haut wohlfühlst... dann kann dein Haus aussehen wie es will und sein wo es will, du wirst darin Heimat finden." Hmm... so ist das also mit dem Traum vom Haus, wenn ganz drinnen hui, dann auch draußen.

Klingt einleuchtend? Ja.
Also, wer will: lasset Licht & Liebe ins innerliche Gruselkabinett einziehen. Traumhäuser werdet wahr für jederfrau, -mann & Kind!

Happy Milchzahn-Pubertät!

Schon mal davon gehört? Ich nicht bis es plötzlich da war... Unsere große Maus (bald 5) hat des Nächtens „gruselige Gespenster" im Kopf und Mamas und Papas Augenringe sind wieder da, hurra! Was geistert? Die Zeit im Leben, wo Bewusstsein dafür einkehrt, dass jeder Mensch „endlich" ist.

„Mama, warum muss ich sterben, ich hab' so Angst. Wieso wird man begraben, was tut man da unten? Mama, wann stirbt Papa, wann stirbst du, wann sterbe ich? Mama, wie viel Zeit habe ich noch?" Dieser aus dem Nichts kommende Schwall an Fragen hat mich damals eiskalt erwischt und mit viel Müdigkeit an Bord überfordert, komplett... Mit zittriger Stimme und Frosch im Hals habe ich gesagt: „Du hast noch viel Zeit, sicher sogar!"

Beinhart für mich das zu erkennen, aber ich habe mein Kind angelogen um sie vor der Wahrheit zu schützen. Eine ehrliche Antwort - auch wenn diese lautet „vieles darüber nicht zu wissen" - hätte sie gebraucht um Sicherheit von mir zu spüren.

Aber, Mamas Knödel im Hals zeigte deutlich, dass Sterben und Tod wieder etwas mit mir machen... Ich habe mich auf die Suche gemacht, viel mit anderen darüber gesprochen und gelesen. Spannende Ansätze waren da dabei: Wenn man selber unsicher bzw. überfordert ist bezüglich einer Antwort, schickt man das Kind los auf eine „Frage-Reise". Es sammelt dann Antworten von Omas und Opas, Papas, Freunden... gemeinsam schaut man dann was sich so gefunden hat.

Auch gefällt mir die Idee, die Kinder einfach selbst zu fragen, wie sie sich Sterben und Tod sein so vorstellen. Oft kommen da die wunderbarsten Vorstellungen hervor, leicht und mit viel Engelsflügel und Wolken im Gepäck. Weniger spannend finde ich unsere nächtlichen Intermezzos, aber die bereiten uns sicher schon auf die richtige Pubertät vor, oder so ;)

In diesem Sinne: Gute Nacht mit weniger Fragezeichen, dafür mit viel Ehrlichkeit für mehr Sicherheit.

Buchtipp:
„Wenn Kinder nach dem Sterben fragen"
D. Tausch-Flammer/L.Bickel

Der Rucksack von Mamas Opa

Ich werke seit Herbst mit einer lieben Dame an einer „systemischen Aussöhnung". Was das ist? Es ist definitiv ein langer Prozess in dem man sich „einfach" anschaut, welche Teile da in mir wohnen, wieso die da sind und warum die so sind wie sie sind. Die Krux dabei ist, diese Teile dann auch „einfach" anzunehmen als Puzzleteile meiner Geschichte. Die Historie meiner Herkunftsfamilie zu analysieren ist extrem spannend. Zu erkennen, warum ich so bin wie ich bin und warum ich gar nicht anders reagieren kann ruft so manches „Aha" in mir hervor. Eines dieser „Ahas" war auch ein riesiger Rucksack, den ich mir als Kind ausgeborgt habe, weil ich „unterstützen" wollte. Irgendwie aber habe ich vergessen diesen dankend wieder zurück zu geben.

Meinem Opa wollte ich helfen seine Last u.a. aus seiner Jugend zu tragen. Damals kam sein Bruder beim Sprengen ums Leben. Opa kam mit nur einem „blauen" Auge - und jeder Menge unausgesprochenen Schuldgefühlen - davon. Viel Kummer, Schuld und Angst ist in meinen Vorfahren zu Hause - immer noch. Opa ist vor fast 6 Jahren gegangen, durch einen Unfall.

Warum ich seinen Rucksack bis gefühlt gestern gerne trug? Völlig unbewusst passiert das. Kinder wollen helfen, oft und viel. Warum? Weil sie so viel fühlen und bedingungslos lieben. Sie hängen sich Sachen von uns Großen um, die unerträglich sind. Ich wollte Opa etwas erleichtern. Mir half nur diese Frage: „Möchtest du, dass sich deine Kinder deinen Rucksack umhängen?" Nein, keine Sekunde. So durfte ich mein schlechtes Gewissen ablegen und Opas Rucksack wandelte sich. Er will mich unbeschwert sehen. Unter Tränen ließ ich meinen Opa ganz bewusst noch einmal gehen, seinen Weg ins Licht. Und ja, er nahm ihn dankend mit einem Lächeln mit - seinen Rucksack. Opa darf jetzt seine Aufgaben da oben erfüllen - und ich meine hier herunten.

Opa, ich denke an dich,
danke für das Gefühl von Heimat
das nur du mir gibst.
Ich hab' dich lieb, immer.

Besinnliche Zeiten euch allen!

Jawohl,
Mama sorgt jetzt gut für sich selber!

Wir alle! Ja, wir dürfen es uns auch gut gehen lassen - einfach so und ohne Wenn und Aber. Und, wir dürfen immer öfter wieder unser Herz fragen, was wir eigentlich vom lieben Leben wollen.

Wie viel Muss steckt noch in deinem Leben und wogegen würdest du es gerne tauschen? Wenn Mama so zwischendurch einmal einfach etwas für sich selbst tut, wow - wie gut! Es soll ja auch Mamas geben, die richtig gut für sich selber sorgen können - samt Zwergen an Bord. Andere Mamas - ja, erwischt - die sind Mama zu 120% und mehr. Hellwach durch die Nacht, hellwach durch den Tag, hellwach dorthin und dahin, dem Gutes tun, der noch Besseres und am Abend todmüde ins Bett fallen bis es wieder los geht. Dazwischen „Selfness"? Geh, wo, wer braucht das?!?

Gut für sich selber zu sorgen wäre normal und ideal, Mann/Frau muss es nur tun. Mama tat dann dieses: Lang erträumte Ausbildung angefangen, dabei Hirn auslüften und anfüllen mit neuem Stoff mit viel Herz an Bord. Sich schon jetzt bewusst Zeit nehmen für „dann", wenn die Kinder außer Haus sind...

Was Mama dabei tut? Am besten etwas, was ihr Herz erfüllt. Ich wollte schon immer Menschen auf ihrem Weg begleiten, sie berühren im wahrsten Sinne des Wortes. Jetzt darf ich das! Täglich am lernen, jede Begegnung und Berührung ist ein Geschenk, danke! Selbständig ist Mama jetzt. „Mama, darfst du arbeiten - oder musst du?", fragte mich unsere große Tochter vor ein paar Wochen. Ich sagte: „Mäusle, ich darf." Müssen ist komplett anders, jetzt fühlt es sich nach Berufung an. Cranio Sacrale Körperarbeit, Strömen, das berührt meine Welt. Dazu darf ich immer öfter in die Tasten hauen und „dein-Schreiberling" sein. Es fühlt sich so an, als hätte ich es geschafft mein Sein mit Herzensangelegenheiten zu füllen. Erstrebenswert - oh ja! Jeder von uns kann das, ich bin mir sicher! Denn: Müssen war gestern - dürfen ist heute!

Danke flüstert mein Herz, ja wohl sagt der Kopf.
Und den Mut dazu holen wir uns einfach von Hermann Hesse:

„Und jedem Anfang wohnt ein Zauber inne,
der uns beschützt und der uns hilft zu leben."

Zu viel!
Von Gebrüll, Zuckerwatte und feinem Prinzessinnen-Spürsinn

Ups. 17 Uhr im CCA: Unsere kleine Shoppingqueen macht ihrem Ärger lautstark Luft. Sie ist müde, will nach dem Bezahlen im Lebensmittelgeschäft sicher nicht ihre Jacke anziehen und schon gar nicht ihre Haube aufsetzen. Es reicht. Und nein, wir waren nicht stundenlang auf Schnäppchenjagd.

Nie würden wir uns das trauen und schon gar nicht antun. Mann ist nach einer halben Stunde durch mit einkaufen, Mädls wurden dementsprechend eingeschult und Mama sucht ein gewisses Gefühl von Angebot und Nachfrage. Eisprinzessinnen T-Shirts haben wir hurtig gefühlt gestohlen, den Gutschein für Damen-Unterwäsche den mein Mann angeboten bekam, lächelnd verweigert.

Der älteren Dame, die sich die Ohren demonstrativ zugehalten hat, weil „Klein-Shoppingqueen" gebrüllt hat wie am Spieß, hier noch einen lieben Gruß! Geblieben ist der Beschluss, nun wieder ein Jahr nicht „groß" einkaufen zu gehen... eine Stunde und 15 Minuten gilt es hiermit zu übertrumpfen!

Das Gebrüll war im Auto vorbei, selig träumte die Queen von ihrem Elsa-Leiberl. Während Mama durch schnaufte, fragte die große Maus ihrem Papa Löcher in den Bauch. „Papaaa, ich habe da jemanden nicht verstanden, was war das für eine Sprache die die Leute gesprochen haben?" Hm... war es das grantige Gemurmle vom Begleiter der älteren Dame mit den „Ohren-Schützern" oder was?

Wer weiß, was unsere Kinder alles hören und sehen, während wir glauben, einfach nur einkaufen zu gehen. So viele Eindrücke, so viele Angebote, so viel unnötiges Zeugs, soviel an Verlangen, soviel an raus mit uns hier! Wer sich ein Bad in Menschen-Energien geben möchte, ab ins Einkaufszentrum! Wer mit Wonne durchatmen möchte, raus an die Luft!

Unsere Kinder wissen wo ihre Grenzen liegen. Wenn auch die Erbse oft etwas lautstark zwickt und wir das Gebrülle, dass eigentlich „Stopp" heißen soll noch in Zuckerwatte verzaubern dürfen sage ich DANKE für euren Prinzessinnen-Spürsinn.

Ich hab' euch lieb!

Mamas Allergie & Mädls hatschi!

Ein herzliches „Hatschi" aus dem Mamaversum! Mama hat gerade die Nase voll, großes und kleines Kind rotzeln ebenso. Nur Papa wehrt sich wie meistens erfolgreich, das macht die Mostviertler Urnatur, sagt er. Was ist da bloß los in der Frauenwelt? Ja sicher, wir werken täglich mal mehr, mal weniger draußen an der frischen Luft herum, wie gut das tut! Der Duft der Schneeglöckchen inspiriert die letzten Schneereste sich langsam aber sicher zu verflüssigen, juhu! Und ja, da weht der frische Wind, plötzlich fallen wie aus heiterem Himmel wieder Schneekügelchen vom Himmel. Eine Minute später strahlt die liebe Sonne mit den ersten wirklich warmen Strahlen, mmm. Dazwischen da ein Mama-Hatschi und dort hinten bei der Sandkiste das Mini-Hatschi. Eine spannende Mischung aus „Haselnuss-Würstchen-Hatschi" und „Es-ist-doch-schon- warm, ich-will-nur-Turnschuhe-anziehen-Hatschi".

Das mit den Haselnuss-Pollen ist die Mama-Geschichte... da gibt's die Allergie-Theorie mit „du bist zu weit weg von der Natur, zuviel getrieben vom Außen". Der Rat der dahinter steckt: „Zieh' dir nicht alles rein, setze Grenzen und schau was du wirklich brauchst." Klingt nach mehr „nein" sagen... „Alles klar", sagt Mama und putzt sich die Nase ;)

Die Zwerge, was ist mit denen? Die dürfen sich selbst erfahren, d.h. wer bei fünf Grad und Wind glaubt, dass Turnschuhe warm genug sind, der darf dann erleben, dass die Zehen kalt sind. Die dünne Jacke statt der dicken? Ok! „Mir ist warm Mamaaa", klingt es. Echt? Mama fröstelt. Darf ich dir mit fünf Jahren zutrauen, dich selbst gut zu versorgen mit deiner eigenen Idee von Jacke und Co? Vermutlich dürfte ich das schon längst. Wie kuschelig warm deine Zappler sind am Abend wenn wir unter eine Decke schlüpfen! Da freut sich das Mama Herz und genießt...

Auf dass unser aller Hatschi sich bald vertschüsse... am besten zu den bunten Gänseblümchen vor der Haustür, dort ist es wunderschön wenn man nur die Augen aufmacht und hinschaut!

Augen zu und durch

Die kleine Maus (flotte drei-einhalb Jahre) macht's jetzt ganz ohne. Ohne was? Scheinbar ohne zu denken - vogelfrei - tritt sie in die Pedale und fährt ganz alleine mit dem Fahrrad. Bremsen kann sie noch nicht, aber „Mama, ich fahre!" Hauptsache ich fahre, aha, so geht das! Mama steht mit offenem Mund daneben und ist heilfroh, dass Papa das mit ihnen macht. So klein und schon so „wow"!

Erwischt, ich bin nicht gut darin, meinen Mädls etwas bei zu bringen wo man bluten könnte. Viel besser bin ich darin, ihre Tränen zu trocknen, ihnen „Puddeling" zu kochen, ihnen liebevoll durch die Haare zu wurschteln, alles, nur keine „argen Buben-Dinge" ;)

Schon als Kind hatte ich scheinbar riesen Bammel vor dem Radfahren. Oft und gerne bekomme ich erzählt, dass ich immer hinter allen die schon mit dem Rad gefahren sind her gelaufen bin. Warum? Weil ich mich vermutlich nicht getraut haben. Aber, soll man überhaupt nach dem „Warum" fragen? Weiß nicht, irgendwie habe ich es auch so geschafft 12 Stunden bei einem Mountain-Bike-Rennen im Kreis zu fahren und das sogar zu gewinnen, weil sich keine andere Dame zu diesem „Wahnsinn" durch gerungen hat, reine Kopfsache, haha! :) Gefahren bin ich bis zum Umfallen, sturer Hirnbock sei Dank und ganz einfach dort abgestiegen, wo es mir „zu heiß" her gegangen ist. Und, was tun meine Mädls grad? Die große Maus will überall runter fahren, egal wie hoch, tief, eng, wie viele Bäume oder Steine sie da erwarten, Augen zu und durch. Das sind Papas Gene! Was die kleine Maus so am Plan hat? Ihrem Temperament zu folgen wird sie noch mehr die Augen zu machen und es einfach mit „durch" probieren.

Ob ich sie beschützen muss? Keine Ahnung. Mama hat das Gefühl sie nicht mehr beschützen zu können. Fahrrad, Bäume, Leitern, Bäche und Co: ich stecke mir ab jetzt immer eine kleine Dosis Zirbenschnaps vom Feinsten ein!

Vielleicht tut es ja selber auch gut, wieder mehr mit Herz zu tun und den Kopf daheim zu lassen, frei nach dem Motto: „Auf und da Goas no!"

Abnabeln „deluxe"

Pritscheln, wascheln, lebendig sein. Mama hat die Wanderslust gepackt. Bepackt mit Patenkindern, meinen Mädls und frischer Melone ging's los zum fröhlichen Marsch. Es hat nicht lange gedauert, haben die kleinen Räuber eine Wasserlacke entdeckt. Es gab frische Löwenzahnblüten in Gatsch getunkt zur Stärkung, lecker, so gesund und vor allem so lustig wenn man nur mitspielt und den Moment einfach genießt! Es war ein guter Nachmittag. Nur unser kleines Wanderinchen hat ab und zu müde „gegnaut", wie man bei uns sagt.

Draußen ist viel los, die Welt will erobert, das Leben inhaliert werden! Bobby Car und Laufrad sind noch immer hoch im Rennen, Omas Erbsen naschen, Vogelscheuche bauen zum Schutz der Beeren - wobei daraus eher ein Zauberstab wurde - Trampolin hüpfen, quietschen vor Lebensfreude, jawohl! Mama denkt heimlich: Draußen sein ist heuer erstmals oft richtig entspannt. Die Mädls werken oft, viel und gerne wo alleine herum. Mama muss nicht allzeit bereit sein, sie stoßen sich die Hörner gegenseitig ab, machen sich das meiste selber aus. Danke, irgendwie wird alles gerade wieder anders, leeeeeeichter :)

Die kleine Maus wird nun auch bald flügge. Die Sommermonate gehören noch uns, dann steigt sie mit der großen Vorschul-Maus in den Kindergartenbus. Am liebsten würde sie ja heute schon mit, eintauchen in die magische Welt der „Großen". Gleichzeitig genießt sie zuhause ihr Sein, singt und summt, schaut dort ein Buch an, hängt mit mir die Wäsche auf. Dann kommt Opa, der ihr den Specht beim Klopfen am Birkenbaum zeigt. Oma sagt: „Uiii, in ein paar Monaten wird es ganz schön ruhig werden am Vormittag." „Mhm", sagt Mama leise, ehrlich gestanden auch wehmütig mit einem Frosch im Hals. Es lockt aber auch wieder das, was wir Freiheit nennen. Die Stunden des eigenen Tuns, vielleicht sogar Minuten des einfachen „nur so Seins". „Abnabeln deluxe" nenne ich es, weil wir ja jeden Tag die Entscheidung treffen können so zu leben, wie wir es uns selber von Herzen wünschen...

Und wir haben vor die gemeinsame freie Zeit dann ganz intensiv miteinander zu erleben.

Zumindest wäre das der Plan und was intensiv
dann bedeutet, werden wir sehen! :)

Vergiss mein nicht

Wir haben zwei Kinder. Oft haben wir gerade ein drittes „Wunder-Kind". 86 Jahre alt ist meine Oma, eine erwachsene Frau. Sie entwächst aber gerade unserer Welt. Es fühlt sich an, als würde sie zu unserem Kind. Unsere 5jährige Tochter erklärte ihr kindlich ehrlich: „OmaOma, du bist ein Vergiss-mein-Nicht!" Oma nickte mit leerem Blick.

Oma ist körperlich fit wie ein junges Reh. Sie schnauft nur etwas mehr und beklagt sich über den weiten Weg beim Spazierengehen. Das tat sie früher nie. Täglich rannte sie um fünf Uhr los: in den Stall, zu den „Stumpfabledan", zum Herd, zur Waschmaschine, zu ihren vier Buben, hinter uns Enkerl her, wieder zu den Kühen, dann noch ins Gartl zu den Salatpflanzen und die Hühner einsperren. Jetzt würde sie gerne zu den Hühnern, aber die Klinke am Hühnerstall fehlt. Sie hat die Hühner 5 mal am Tag „gewassert". Das war zu viel des Guten. Sie ist praktisch für nichts mehr am Hof zu gebrauchen. Sie kehrt zusammen, streut aber gleichzeitig die Misthaufen auseinander.

Oma merkt, dass sie viel vergisst, unbrauchbar wird. „Oid werden is net schei", sagt sie, mir brennts im Herz. Wir knacken Walnüsse. Ich möchte, dass sie sich gebraucht fühlt. Sie wirft zum 149. Mal die Schalen zu den guten Kernen. Zum 97. Mal entschuldigt sie sich dafür. „Des is wirklich a bleds Öta!", sagt sie. Ich möchte am liebsten genervt bejahen. Ich sage wir können Pause machen. Sie schält blitzschnell die Birne. Abbeißt sie nicht. „Bin eh schon wieder da", sagt sie hurtig. „Oma, beiß rein, wir haben Zeit!" „Faulheit macht die Glieder lahm", sagt sie.

Heute hat sie einen Strauß Vergiss-mein-nicht vom Spazieren gehen in der Hand. Sie schaut die blauen Blümchen an: „Ich weiß nicht wie die heißen, sag du es mir!" „Oma, das sind deine Lieblingsblumen." „Ich werde dich nie vergessen", würde ich am liebsten sagen. Ich beiße mir auf die Lippen. Wer weiß, ob mich das „blede Öta" nicht auch einmal erwischt?

Ich hab' dich lieb, du unser „wunder-volles" Vergiss-mein-nicht!

Schön, dass es dich gibt!

Vom „Hoam foan"

Meine liebe Oma. Kaum ist sie da, will sie schon wieder „hoam" fahren. Ständig und immer will sie „hoam". Ganz egal ob man sie in ihrem Schlafzimmer, in ihrem „Stüwi" (Stube), rund um ihre sieben Zwetschken besucht. Das Erste was kommt ist ein fragender Blick. Das Zweite ist meistens (noch) ein sanftes Lächeln und ein „Griass di". Das Dritte ist dann schon die Aussage: „Jetzt muass i owa dann a amoi hoam foan." Ständig ist sie quasi am Sprung Richtung „hoam". Vor einem Jahr war das noch nicht so. Da blieb sie ein paar Stunden bei uns, verfolgte und schätze die Gesellschaft meist. Jetzt hat sie ihre sieben Papiersackerl in ihrem Stüwi stehen, bepackt mit selbst gestrickten Wollsocken, Schuhen und wenn es gut geht sogar Hosen. Allzeit bereit für die „Reise", so scheint Oma.

Immer und immer wieder versucht ihr jemand zu erklären, dass sie doch eh „hier" zu Hause ist. Das denken wir uns halt. Wir kennen sie so an diesem Ort wo sie mit Opa den Hof aufgebaut hat. „Nichts als Arbeit heiratest du dir", sagte schon ihr Vater zu ihr. Ja, Arbeit hatte sie immer. Jetzt sagt ihr jeder immer „Du hast eh schon soviel geleistet in deinem Leben, rost di aus." Sie sagt: „I bin a Nixnutz." Gleich darauf die Frage, ob ich sie jetzt nicht „hoam bringen" könnte. Hm.

Heute war die Schwester meiner Oma mit ihr auf Erkundungstour rund um ihr Zuhause als Kinder. Das Haus verfällt. Braunbären wohnen jetzt nebenan. Als meine Oma und ihre Schwester dort so durch die Gegend wandern, wird Oma hungrig. Sie will „hoam" gehen, etwas essen. Meine Groß-tante lässt sie voran gehen. Oma klopft an die Tür ihrer alten „Hoamat", sie ist verschlossen. Aber, sie weiß, dass es damals eine Hintertür gab, wo sie sicher rein könnten. Oma, diese Tür gibt es heute leider nicht mehr! Ich wünsche dir so sehr, dass du deine Tür „hoam" findest und damit hoffe ich so sehr, auch deinen Platz zum einfach so Sein dürfen wie du bist...

Oma, ich vermisse dich und hab' dich lieb - genau so wie du bist.

57

Vergewaltigt?
Nein danke, das muss nicht sein!

Wir befinden uns am Rande einer Stadt. Welche? Egal. Es ist ein nebeliger Herbsttag. Eine junge Frau ist auf der Durchreise. Bepackt mit schwerem Rucksack versucht sie frohen Mutes ihr Glück mit Auto stoppen. Bald hält ein Fahrzeug. Ein Mann sitzt am Steuer. Ohne Bedenken öffnet die junge Frau die Autotür, sie bereden wo die Reise hin gehen soll. Laut Plan verläuft die Reise aber schon bald nicht. Der Herr biegt ab in ein unübersichtliches Gelände. Nur Bäume, weit und breit keine Menschenseele zu sehen. Die junge Frau bleibt ruhig. Der Mann wird immer angespannter. Das Kopfkino läuft auf beiden Seiten. Was ihr laut seinem Plan blühen soll? Kein Grund zur Panik. Sie ist stark, will kein Opfer sein. Er bleibt stehen. Sein Blick ist komplett verwirrt, voller Drang.

Völlig klar im Kopf kommen ihre Worte: „Wenn du vorhast mich jetzt und hier zu vergewaltigen, dann wird dir das keinen Spaß machen. Und mir auch nicht. Nicht heute und nicht in den kommenden Monaten. Dein Leben versaust du dir selbst. Wenn du Liebe, Freude, Lust suchst, dann sage ich dir den Weg, wie du in eine Straße kommst, wo sich Frauen auf dich freuen, wenn du zu ihnen kommst. Dann wirst du ein Freudenfest haben. So aber sicher nicht."

Entgeistert schaut der vermeintliche Triebtäter die junge Frau an. Ferngesteuert bittet er sie aus zu steigen. Sie schaut ihn an, nimmt ihren Rucksack mit und wünscht ihm eine gute Reise. Er fährt los. Wohin seine Fahrt geht? Ihr egal.

Sie schnauft trotz kompletter Klarheit in ihren Aussagen durch. Woher ihre Klarheit kam? Sie weiß es nicht. Manchmal ist etwas da, dass uns die Kraft für glasklare Entscheidung gibt, die uns das Leben retten. Ihr Lieben, merkt euch diese Geschichte, gebt sie weiter! Meine Mädls werden sie sicher öfter von mir hören. Diese Vorgehensweise kann Leben - und den Seelenfrieden - retten, was denkt ihr?

Frohes Freudenfest...
dort wo es seinen
Rahmen hat.

Weihnachten im Freudenhaus

„Bist du depat!" :) Ich komme gerade von einer Runde Trampolin-Springen mit unserem großen Hasen. Jetzt spüre ich mich! Ich fühle mich geschüttelt, blank geputzt vor lauter Lachen, angenehm müde und innerlich herrlich luftig, quietschvergnügt. Danke Baby!

Dieses große Baby möchte übrigens kund tun, dass sie bald 6 wird. „Das ist wichtig", sagt sie. In diesem Alter ist das ein großes Thema, „ober" wichtig sogar! Wir feiern gerade gemeinsam viel bewusstere Feste, egal ob es was zu feiern gibt oder nicht. Zum Beispiel den Geburtstag des kleinen Hasen, sie ist übrigens jetzt schon 4, bitte sehr. „Das ist wichtig", sagt sie! Und wie!

Das Strahlen in den Kinderaugen bei solchen Anlässen, wow... ein wahres Freuden-Fest! Da sprüht es nur so vor purer Lebenskraft und Liebe - zu deren Leben und zum eigenen Mama-Leben. Ganz schön wundervoll, was zwei Menschen erschaffen, wenn sie die Liebe „blitzt". Kraftvoll, grenzgenial und unbeschreiblich.

Unsere Kinder haben noch nicht so viele Deckel drauf wie wir, sie leben ihre pure Lebenskraft jeden Tag, vom ersten Augenaufschlag an. Wohin mit all dieser Kraft? Das ist oft die Frage! Nein, nicht bei den Kleinen, nur bei uns Großen. Sie haben noch soviel ursprüngliche, reine Lebenskraft, wir alle haben die!

Vor lauter Sprühen und Glühen werden unsere Hasen oft schon um sechs in der Früh zu puren Glühwürmchen... und erst recht dann, wenn es draußen finster wird! Und sie taucht schon wieder auf, diese Frage: Wohin mit all dieser Kraft? Liebes Christkind, nur so ein Tipp: Es gibt auch Trampolins für drinnen! Und warum nicht einmal als „alter" Hase auch im Kreis hüpfen wie Mama-Känguru?

Das große Fest der Liebe naht - und nein, ich meine damit nicht das Geschenke-Massaker. Oh, wie schön... ich freue mich auf Känguru-Gehüpfe in der stillen Nacht! Ob im Schnee, unterm Christbaum, im Bett oder im Hasenstall...

jedes Haus will & darf ein Freudenhaus sein!

59

Das Buch ist da!

Es ist vollbracht! „Mamaversum - Das Buch" ist da. Mamas Herz hüpft! Zwar dachte ich immer Bücher schreibe man anders, nicht so „ziezerlweise" - aber gut Ding braucht im Mamaversum eben Weile. Schließlich sind Helferleins mit großen, neugierigen Augen an Bord und an der Tastatur.

Über fünf Jahre schreibe ich nun als Mama des Versums meine Kolumnen. „Liebevoll, ehrlich, mitreißend", das waren oft die Feedbacks. Danke für jedes einzelne davon. Eine liebe Freundin, die eines der ersten fertigen Bücher gelesen hat, schrieb: „Danke Michi, ich weine seit einer Stunde." Ups, erwischt und genau so darf es sein. Sie ist Mama einer Tochter, durchlebt Höhen und Tiefen des Mamaseins, steckt gerade in der Sinnkrise ob ein zweites Kind kommen darf oder eben nicht.

Die andere Mama meinte: „Endlich jemand der sich über das leidige Impf-Thema reden traut." Zwei andere haben das Buch gleich in einem Zug verschlungen. Ich verneige mich. Und nein, Mama kann es sicher mit dem was und wie sie schreibt nicht jedem recht machen. Oma würde in einem hellen Moment mit einem Schups Erinnerung sagen: „Jedem Menschen recht getan, ist eine Kunst die niemand kann". Auch das darf jetzt bewusst gelernt werden, wenn jemand mit fragenden Augen das Mamaversum weg legt. „Was soll das sein, klingt schräg", sagte eine Dame. „Ist es auch", erwiderte ich grinsend.

Mamaversum - Das Buch ist die Sammlung der Geschichten von unseren kleinen Wesen die mein Herz erobert haben. Oft schicken diese lieben Geister meinen Kopf einen Kakao trinken. Danke Mädls, ich liebe euch dafür, das sind meine kostbarsten Momente! Fast so kostbar wie die Schachtel zu öffnen, in der diese magischen Bücher verpackt waren.

Alles weiß

Im Mamaversum herrscht gerade die Farbe weiß. Nein, leider es ist nicht der Schnee, den sehnen wir herbei! Es staubt froh und munter, weil Wände fallen um neuen Raum zu schaffen. Holzdecken werden geschliffen, neu gestrichen. Staub gefühlt oft bis in die Bettdecken und Mamas Haare und Papas und Opas Glatze weiß vor Dreck. Die Mädls jubilieren ob der neuen Verkleidungen der Alten! Faschingszeit, oh ja!

Neulich sagte eine viel jüngere Mama zu mir: „Schön, dass du deine weißen Haare nicht versteckst." „Wozu auch?", fragte ich. „Das ist doch Sternenstaub" - zumindest erkläre ich das meinen Kindern so. Irgendwie erwische ich mich dann doch beim Verstecken unter meiner kunterbunten Haube, wenn ich tip-top gestylte und so ganz ohne Sternenstaub-Haar-Mamas in den Bänken beim Martinsfest in der Kirche sitzen sehe. Für ganz arge „Versteck-Tage" habe ich eine mausgraue Haube - manchmal ist verkriechen einfach heilsam. Pssst - Geheimnis - das ist meine Sternenstaub-Ausbrüt-Schatzkammer!

Warum aber keine Farbe in die Haare? Ich hasse diese brennenden Flüssigkeiten in meinen Haaren, wenn die liebe „Frau Sör", wie unsere kleine Maus sagt, mir Farbe aufträgt. Ich liebe Farben, aber nicht so. Brennen wie Sau auf der Kopfhaut und nur juckige Pletzen für Wochen - ohne mich. „Henna-Spinat" stundenlang einwirken zu lassen, wie March Simpson mit einem 30 Kilo schweren Kopf durch die Gegend laufen, naaa, keine Muse mehr dazu. Darf Mama mit 37 weiß sein? Warum nicht? Ungepflegt? Geh! Ich wasche meine Haare oft sogar nur ein Mal die Woche weil sie das nicht öfter brauchen, Natur pur sei Dank. Und wie sie schön silbern glänzen, meine Feenhaare - und nein, nicht weil sie fettig sind! :)

Und wisst ihr was meine große Maus wissen will: „Mama, ist der Nikolaus echt nur ein verkleideter Mann?" Mhm, nur verkleidet, leider echt. Der Zauber zerbröckelt so schnell... Nein, eure Mama will keine „verkleidete" Mama sein, mit oder ohne weißen Haaren, kurz oder lang, ihr liebt mich so wie ich bin und ich mich auch. Und a bissl Sternenstaub kann doch jeder gebrauchen! Wer will, wer mag?

Kraft für den Hoamweg

Mamas Kopf tut sich gerade schwer mit Geschreibsel. Verschwollene Augen, nasse Taschentücher kreuz und quer, nix geht grad. „Oid werden is net schei", sagte Oma immer zu mir, jetzt ist es soweit. Da der Anruf, ein Platz im Heim für unsere OmaOma ist frei, körperlich gut gepflegt. Ihr fehlt der Plan wo sie ist, weint Tränen des Verlorenseins, des nichts mehr Wertseins, des nicht Wissens „Warum" und wir weinen mit ihr. „Mama, warum wohnt OmaOma nimma daheim?", fragt die große Maus.

Es tut so weh, sie gehen zu lassen, dabei ist sie noch nicht einmal „ganz gegangen". „Mama, warum machst du so ein komisches Gesicht?", fragt die kleine Maus. Wieder erwischt sie mich beim Weinen. Ein Gesicht, dass die Mädls so nicht kennen, ich habe aber jetzt keine Lust mich damit zu Verstecken. Dieses scheiß Gefühl verloren zu haben. Es scheint wir haben zu wenig Kraft mit dieser Krankheit die sich da „Demenz" nennt um zu gehen. Überfordert, allesamt, obwohl wir soviel getan haben für OmaOma, gemeinsam und ganz bestimmt in bester Absicht.

OmaOma versteht die Welt nicht mehr, „Ich habe doch gar nichts getan", sagt sie. Sie weiß es nicht mehr, ihre Stürze, ihre unendliche Unruhe, der Ärger, ihr sehnsüchtiges Weinen nach „hoam", in ihrer Welt ist das Gott sei Dank - oder wie? - nie gewesen.

In unserer Welt geht es nicht mehr, die Kraft ist aus. Welten prallen aufeinander. Jetzt sitzt sie da an dieser „mächtigen" Endstation und will, wie Monate davor immer nur „hoam". „Nimmst mi mit hoam?", fragt sie mich in ihrem noch so kahlen Zimmer. Bilder mag sie keine aufhängen, sie fährt ja eh in ein paar Tagen wieder hoam. OmaOma, ich würde dich so gerne mitnehmen und es tut gerade jetzt so weh dich nicht „hoam" mit nehmen zu können. Es tut mir leid, von ganzem Herzen, aber auch ich kann das nicht. Das annehmen zu können, „Woooww, schwierig, gö Mama", sagt die große Maus cool und doch mit soviel Gefühl.

Gebrochene Herzen rundherum, du fehlst so sehr. Mögest du spüren, wie lieb wir dich haben und da sind bei deinem Weg hoam.

Himmelschlüsselchen

Nach Frühling schaut es heute nicht aus. „A fads Wetter" hätte Oma gesagt. Am Fensterbrett flackert das Licht der Kerzen, ein einzigartiger, wunderschöner Keramik-Schutzengel steht davor. Er hat Oma in ihren letzten Tagen noch begleitet, bleibt unser Ehrengast, trägt ein riesen rotes Herz in Händen. Oma ist „hoam" gegangen, liebevoll begleitet, getragen von uns und „was" auch immer da noch war bis zum letzten Atemzug.

Plötzlich, da sitzen unzählige Spatzen am Kirschbaum vorm Fenster. So kraftvoll, so lebendig zwutschkern sie. Frühling! Die ersten Himmelschlüsselchen entfalten ihre Blüten an Omas Grab. Drinnen ist es grade oft sehr still. Leer und kraftlos fühlt sich so vieles an.

Da kommt die kleine Maus, legt ihre Hand in meine und sagt: „Gö Mama, traurig dass OmaOma heute stirbt." Es war der Tag der Beerdigung, die Mädls mitten drinnen im Geschehen, mit unendlich viel Behutsamkeit, Aufmerksamkeit, kindlichem Sein. „Tschüss OmaOma", Rosen reingeworfen, Schaufeln voller Erde nachgeworfen. Zuhause dann die Ansage vor dem Schlafengehen „Mama, morgen müssen wir noch mehr Erde auf OmaOma geben, damit sie zugedeckt ist."

Wir haben beschlossen, dass das eine Schatzkiste ist, in der OmaOma jetzt liegt. Sie war und ist ein Schatz, den wir dann öffnen dürfen, wenn wir sie brauchen. „Flüstert meinen Namen und ich werde da sein", habe ich auf ihre Auferstehungskerze geschrieben, das darf jetzt spürbar werden. Nach dem Ritual das Zusammensein der ganzen Familienbande bei Schweinsbraten und Striezel. In der Mitte das Bild von Oma. Mama fehlt der Hunger, es schmeckt nach nix. Unsere große Maus setzt sich zu mir, ich vergrabe mein Gesicht in ihren Haaren. Ich durfte Oma im Bestattungsbus heim begleiten - „endlich hoam" - es war unbeschreiblich wertvoll, der Sonnenuntergang den sie uns dabei geschenkt hat - unvergesslich.

Mit verschwollenen Augen, komplett leer und doch so erfüllt zuhause angekommen meinte die große Maus: „Gö Mama, gschickt, dass ma jetzt immer wen haum der im Himmel auf uns aufpasst!" Mädls - ich liebe eure Leichtigkeit, euer Sein, eure Worte... es ist so schön dass es euch für uns gibt. Ein Geschenk, so wie unsere Oma es ist und immer bleiben wird. Und jetzt, jetzt müssen wir Kinder sei Dank Schneeglöckchen suchen und schauen was alles an neuem Leben schlüpft...

Mamas Tag

Bei der Fahrt vom Kindergarten nach Hause stellt unsere große Tochter felsenfest klar: „Ich werde auch mal Mama, die können immer Zuhause sein und müssen nichts arbeiten." Unsere Mädels sind jetzt 4 und 6 Jahre alt.

In meinen Marketing-Job bin ich nicht zurückgekehrt. Jetzt bin ich Kleinstunternehmerin, selbst und ständig. Die Ausbildungen habe ich „so nebenbei" gemacht. Ich texte, bin gerne in meiner Praxis beim Impuls-Strömen, mache Betten, bügle KEINE Hemden, koche, finde diesen und anderen wundersamen Dreck, schaue dass der Kühlschrank Passendes für den Kaiser und die Prinzessinnen zu bieten hat, backe Brot, werke in Wald und Garten, lese meinen Kindern zum Runterfahren Geschichten vor, knutsche sie wenn die Kraft ausgeht, stehe mit Jause und Saft parat idealerweise bevor der Hungergrant kommt, rufe zurück wenn eine Kundschaft Rat braucht, da fällt mir eine Headline ein, dann krame ich nach Globuli für die Schnupfnase meiner Kleinen, versuche Frieden zu stiften wenn man wieder Panik ausbricht das die eine Prinzessin mehr als die andere bekommen könnte, suche sie nach Zecken ab und was sonst? Genau. Zwischendurch hole ich mir wertvolle Küsse von meinen Mädels und genieße, wie sie in ihren Phantasiewelten beim Spielen versinken. Ja und am Abend bin ich froh wenn es still wird, alles weich wird.

Wie es so ist, als Mama „Zuhause"? Fad? Sicher nie. Und ja, eines würde ich haben wollen, wenn es ginge. Das geregelte Leben von damals. Momentan passiert soviel zwischendurch, mal Wäsche hier, dann Zeilen tippen und Telefonate da, im Essen umrühren und da der Dreck, ...

Ob ich mich geschätzt, geachtet fühle für mein Dasein vor allem als Hausfrau und Mutter? Mein Mann sagt „Danke fürs Kochen" oder hilft mit wenn er Zeit hat wo es geht und ich nehme dankend an, wenn meine Mutter für uns mitkocht. „Mama, ich hab' dich sehr lieb, ‚knuuutschin' mit dir ist das Schönste was es gibt", das ist mein Lohn und den nehme ich gerne an wenn er plötzlich und unerwartet kommt. Braucht es mehr?

AUS. Zeit.

Zeit war es. Wofür? Alles einmal auslassen, nicht da sein, ausschalten. Mein Mann und meine Mädels haben mich im Kurhaus in Bad Kreuzen abgeliefert. Mein Kopf randalierte etwas von „abgeschoben", weil Mama Auszeit macht. Mein Herz summte: zwei Nächte, wohl verdient Mama! Einfach für mich.

Mama sein aus der Ferne genießen, dem lieben Nichts aufmachen, es reinlassen. Michi - ein Geschenk! Ich sein, ganz in Ruhe, genießen, was auch immer. Wuiii... das schöne Zimmer mit Balkon, die Aussicht grenzenlos. Bei den Abschiedsküssen Mamas Knödel im Hals. Zur Ablenkung gleich das Mittagessen. Oh, wow... sooo gut, Powidltascherl - Süsses vom Feinsten, Mamas Herz schlägt höher und als Draufgabe das Ackerstiefmütterchen das als Gruss der Küche vom Teller lacht. Voller Liebe! Das Herz geht auf... dann gibt es eine Kräuterwanderung, Mama schlendert mit. Gegend erkunden, schnüffeln & naschen an Gundermann, Fichtenwipferln, Labkraut und Co... a Freid!

Dann, zu Abend essen, mmm... da wartet der Sonnenuntergang vom Bankerl unter der Linde vor dem Kurhaus. So still rundumadum, die orange Kugel senkt sich, Mamas Herz schlägt sanft und schaut bis nichts mehr zu sehen ist am Horizont. Es wird frisch.

Stille auch im Zimmer beim Schlafengehen, kuschelig warm im Bett. Am nächsten Morgen erwartet mich ein Heusack, eingewickelt bis obenhin, keine Chance auf Bewegung... wie genial, danke! Ruhe geben „müssen", ein Geschenk. Die Vögel zwitschern munter vor dem Fenster, alles auf Standby und nix... Göttlich, denkt Mama selig und schläft wieder ein. Danach auf zur Massage... ein Abenteuer mit Räucherkegeln am Rücken, genau nach Mamas Geschmack!

Und jetzt... nix tun, außer Essen & am Teich herumliegen... nur genießen, lesen, schwimmen, Sauna, die Magie des Bogenschießens entdecken. Wie das ist? Sagte ich schon etwas von göttlich? Immer schön her mit diesen Geschenken! :)

Wenn dann der Rest der Bande strahlend beim Abholen ankommt, dann ist die Auszeit wohl überall erfolgreich angekommen! I'll be back :)

65

„Tschü dei Bäääs Mama!"
= „Chill' deine Basis Mama!" zu Deutsch: „Entspann' dich Mama!"

Abenteuersucht! Dabei sein, dran bleiben, unbedingt, nur ja nix versäumen!

Gestern erst wieder erlebt. Ein Ausflug zum Lohnbachfall. Die ganze Familien-Bande ist da, 8 Kids von 2 bis 8 Jahren „live" in Action. Viele Steine, viel Wasser, viel Gefälle, Schluchten und Buchten, Kletterspaß für Jung und Alt. Für die hoch sensible Mama jedoch im Übermaß... alles zu viel. Das Hirngespinst hält an bis in die Nacht. Kind rutscht aus, fällt in eine der Steinschluchten. Das tosende Wasser verschluckt das Kind, es ist nicht mehr zu sehen. Eingeklemmt??? Was dann!?! „Mama cool down, alles nur ein Traum!"

Hallo Hirngespinste, was soll das? Keine Antwort. Ich bin Mama und zu ängstlich? Was weiß ich, auch egal. So ist das eben mit Mama und ihrem Sein. Und Papa? Der turnt vergnügt mit den Mädls auf den Steinen, Abenteuerlust und nix mit Frust. Vertrauen, nach Herzenslust.

Da die Nachricht: Die Tochter meines Schi-Heldens Bode Miller ist im Pool ertrunken. Unfassbar... ich sitze vor dieser Schlagzeile und es wird still. Alles rundum wird unwichtig. Es brennt in Mamas Herz. Mein Mitgefühl trägt mich zu Mama und Papa Miller. Es tut mir unheimlich leid, dass Menschen, egal ob Star oder nicht, so etwas erfahren müssen... Die so süßen, unschuldigen Blicke der kleinen Maus. Die Frage nach dem „Warum?" Ach herrje, lasse es! So viele Fragezeichen, obwohl der schönste Sommer vor der Haustüre wartet!

Was ist da los? Ist es schon wieder dieses bedingungslose Loslassen, das Mamas Herz so bewegt? Unsere große Maus, ja – sie hat jetzt eine Schultasche! In pink und blau bitte sehr, mit weißem Tiger! Wow, wie stolz sie darauf ist! Jedem Besucher wird sie präsentiert... Kindergartenzeit adé, juhe! Sie freut sich so auf das was kommt! Wehmut beim letzten Tag im Kindergarten, keine Sekunde! Das liebe Kind, es schaut wo das nächste Abenteuer lauern könnte! Genial... Mama wartet schon zum ersten Mal aus ihrem Mund, „Mama, tschü dei Bäääs", zu hören. So gehört sich das jetzt scheinbar wenn man „groß" ist. Also, immer schön „tschüüün" und dankbar und voller Vertrauen genießen, was es da so zu entdecken gibt. Happy Abenteuer-Sommer!

Gute Hoffnung – Wunder Wuzi Wirt funktioniert!

Mama sehnt sich nach viel mehr Vertrauen in den weiblichen Instinkt. Warum?

Früher waren Schwangere GUTER Hoffnung! Heute, erscheint Frau mit Baby an Bord als Risikofaktor. Nackenfaltenmessung, Ultraschall, Organscreening, Veränderungen der Plazenta, ein zu enges Becken, Schwangerschaftsdiabetes, CTG, was noch? Neun Monate voller Untersuchungen. Eine oft bange Zeit des Wartens! Viele Frauen können sich gar nicht richtig auf ihr Baby freuen, jeder neue Test könnte eine Katastrophe offenbaren, tief verunsichert...

Ehrlich betrachtet geht das aber schon viel früher los. Da, die erste Untersuchung beim Frauenarzt! Vorsorgeuntersuchung genannt – aber heißt das nicht eigentlich, es könnte etwas falsch laufen in uns, irgendwo etwas sitzen, das nicht so ist wie es sein soll?

Dabei könnten wir uns auf so vieles einfach grundlos verlassen...vertrauen in Mutter Natur. Wie alles mit uns anfängt? Magisch was bei der Geburt eines Menschen passiert - ein Abenteuer das sich gewaschen hat!

Das Baby muss sich durch die Scheide der Mutter hindurcharbeiten. Mikroorganismen – v.a. Milchsäurebakterien – leben hier. Bei dem Druck der meist im Unterbauch herrscht, fließt auch etwas vom Darminhalt aus dem sehr nahen Anus und gerät in den Bereich, wo das Baby durch schlüpft. Ganz natürlich wird das Kind mit all dem überzogen, schluckt davon, in seiner Pofalte setzt sich etwas davon ab und gerät in den kleinen Enddarm, unter die kleinen Fingernägel schiebt sich auch etwas. Ein neuer Wirt für unzählige verschiedenartige Mikroben wird geboren. Ja und er beginnt sich zu vermehren – trotz noch so exaktem Abreiben und Abtrocknen. Bakterien von der Haut der Mutter kommen dazu, wenn sie das Kind zum ersten Mal im Arm hält, es zum ersten Mal stillt und an den Brustwarzen nuckeln lässt.

Eckelig, unhygienisch, gefährlich? Nein! Die Geburt ist der Tag wo eine neue Wohngemeinschaft gegründet wird – Mensch und Mikroben stimmen sich aufeinander ab –saugeil, tschuldigung! Wenn das schon so ganz von alleine funktioniert, was ist dann noch alles möglich dank Mama Natur?

Alles da im vermeindlichen Nichts!

Wackelzahnhausen, grüß Gott! Er waaackelt, endlich, der erste Wackelzahn und ein paar Tage später das stolze erste „große" Zahnloch! Juhuuu, wir brauchen eine Schatzkiste dafür! :)

Was Eltern und Kinder im „restlichen Leben" neben Wackelzahn-Hurras sonst noch so alles brauchen um „gut" gemeinsam zu wachsen?

Als wir vor einigen Jahren beschlossen haben wieder zurück aufs Land zu ziehen, sagte eine Freundin zu mir: „Du spinnst, da gibt es doch nix!" Sie meinte Mama müsse dann für alles Mögliche und v.a. Unmögliche ins Auto hüpfen um den Knirpsen was zu bieten. Nur soviel, es ist purer Genuss nicht alles zu haben und zu müssen! Unsere Gemeinde hat 1638 Einwohner und ich sag euch was: Unsere Mädls sind die Obergenießer unserer weltbesten Frau Bäckermeister – Traubenzucker-Herzerl inklusive, eh klar! Ein „Du" ist selbstverständlich und ja, meistens grüßen sich die Leute auch noch. Wir genießen den Luxus der örtlichen Volksschule mit kleinen, übersichtlichen Klassen, den Kindergarten mit dem Spielplatz hint aus in Wald und Wiesen. Wir springen happy in die Luft wenn es heißt Volleyball-Training beim zweitbesten Volleyballverein Österreichs (= unser „Kaff"-Bonus, weil eine Dame ihren großen Traum verwirklicht hat!), haben sogar musikalische Früherziehung im Ort und freuen uns an den Kinderwort-Gottesdiensten, wo wir aktiv mit werken.

Definitiv gut versorgt fühlen wir uns auch mit unserem Garten, den Him-, Heidel-, Brombeeren in Sichtweite, den Schwammerln gleich ums Eck. Ob uns was fehlt? Keine Sekunde, wir haben den Nahversorger noch und den Regionalmarkt wo fleißige Bäuerleins ihre Schätze teilen. Kino, Shoppingcenter, Halligalli? Reicht einmal alle paar Monate - und dann flüchten wir eher als dass wir damit etwas anfangen könnten. Weltfremd? Mir egal. Wenn wir ausbrechen, holen wir uns das nach Hause, Trommelkurse und Co. – alles möglich! Die sind sogar alle happy, an so einem schönen Fleckerl mit uns zu teilen. „Wenn jeder seine Wünschen lebt, sie ins Landleben holt, wird es genial bunt, im vermeintlichen Nichts - wo doch alles da ist", grinst Mama und inhaliert glücklich die nach frisch gemähten Wiesen duftende Landluft.

Den Weg zum Ich geht jeder von uns

„Mama, warum müss ma am Berg gehen?" „I mag net bergauf, Mama, wie weit is es no, Mama?"
Oben angekommen: „Mama schau, ist das der Ötscher?!" Rundumadum zeichnen sich Berge ab,
sanfte Hügel, die pure Natur vor der Tür schreit „Pflüüüück mich!". Wir waren am Hochkogel-Berg.
Der lockt wie ein Tor in eine andere Welt zwischen Neuhofen und Randegg im Mostviertel. Bunter
Herbst, strahlender Sonnenschein, Fernsicht, wer mag versetzt sich schnell in eine andere Welt. Ge-
nial dort oben - so vielfältigt dieses Land – zuerst Mitten in der Stadt, Industrie, Geschäfte, boom.
Ein paar Kilometer später: Auszeit! Von einer Sekunde auf die andere fühlst du dich wie auf der Alm,
die Mädls jubeln beim Anblick vom Gipfelkreuz, ins Gipfelbuch schreiben sie selbst ein. Tausende
Eicheln kugeln unter der riesigen Eiche am Weg. Stauden locken mit fröhlich bunten Früchtchen, die
dicken Wurzeln der Bäume erzählen Geschichten... hinschauen und lauschen erlaubt! Es lohnt sich!
Dann bauen mein „Baby" und ich einen Yoga-Baum auf... so süß, ich liebe sie und meine Bande.
Inhalieren, inhalieren, inhalieren...jetzt!

Und sonst? Am Geburtstag der kleinen Maus - es war noch finster: „Mama, jez is d Haund gaunz
voi!" Vor lauter „Juhuuu" wird der Tag zum Fest. Vor fünf Jahren schlüpfte der „kloane Pieps" in unser
Leben. Ganz schön bestimmend kann sie schon sein, „selbstverständlich und extrem", sagt sie dann
gar nicht mehr so klein und „piepsig". Innerlich grinse ich, weil für die Hasen so vieles ganz einfach
glasklar ist. Eine echte „Größe" und „jetzt werde ich sechs". „Alles klar, immer schön am Weg bleiben"denkt Mama. Unsere große Schulmaus kann jetzt stolzerweise bitte sehr schon sieben Buchstaben und bis sechs rechnen! Und es sind nur noch zehn Schultage bis sie mit ihrem Cousin und
Busenkumpel die Schulbank teilen darf. Sie malt so begeistert und fantasievoll wie nie zuvor... wenn
sie dann noch einen Buchstaben nach dem anderen rausdrückt beim Lesen, ooohhh, Mama liebt
es.

Wünsch dir was!

Erfüllt, es ist soweit! Es schneit! Schnee heißt Ruhe drinnen und draußen, Wärme, Kakao und Kerzen. Geheimtipp: Schnee essen macht glücklich! Aber egal ob Schnee oder nicht, egal ob Weihnachten oder neues Jahr - einfach so, was wünschst du dir?

Hätte ich drei Wünsche frei, ja dann... hmmm?

Mama stapft zuerst zu den Mädls. Die kleine Maus sagt sofort: „Damit ich keinen Schnupfen mehr habe!" Beim großen Tiger leuchten die Augen „Buntstifte, die nie abbrechen und die immer spitz sind!"

Der Papa schaut von der Arbeit auf, grinst bei der Frage, wobei sie für ihn verschärft kommt und nur Wünsche die man sich mit Geld nicht erfüllen kann zählen. Mama fällt ihm gleich mit dem Kabarettisten Josef Hader im Ohr ins Wort und legt die Antwort für ihn auf: „Michi, i wünsch ma dasst di schleichst!" Der Papa der Mädls schaut verschmitzt, dann sagt er aber „na, keine Ahnung." Spiegelt die Erfahrung wieder, dürfen Erwachsene sich was wünschen, fehlt oft der Plan.

Da stürmen die Mädls bei der Türe herein. „Mama, ich wünsche mir noch mehr Pferde und dass die Blumen wieder wachsen", zwitschert die Kleine. „Dass es noch viel mehr schneit und ich immer bei dir schlafen kann", der Oberwunsch der Großen. Ideen Ende nie!

Und dein Oberwunsch? Und ich? Akut dürfte sich mein Brummschädl verzaubern und vom Tiptoi-Stift könnten die Batterien jetzt aus sein wegen der Ruhe wärs. Überwichtigerweise wünsche mir immer mehr Klarheit im Herzen. Was? Wozu? Oft will der Kopf Retter spielen. Wenn wer aus der Familie schwer krank ist, vor allem dann. Das Herz darf lernen anzunehmen, dass jeder auf seine Art und Weise versuchen darf glücklich zu werden. Ganz auf seine Art und Weise, und aus. Das Annehmen zu können, ohne Wenn und Aber, das wünsche ich mir fürs kommende Jahr... auf das alles gut werde wie auch immer „gut" für das jeweilige Herz aussieht.

Und sonst? Nur ein Tipp fürs Mamaherz: Kinder wünschen sich nachgewiesen oft ganz einfach viel Zeit mit ihnen zu verbringen, bewusste Zeit.

Lebe deine Zeit!

Mamas freie Zeit? Erfüllt mit Schneeschaufeln! Ich liebe die dicke Pracht, die sich über alles legt, die Ruhe schafft, wenn ausgeschauftelt ist und nix sturmt und wurmt. Was wenn Frau Holle Urlaub hat? Dann hat Mama zwei scheinbar gut wachsende Kinder die immer mehr in ihrer eigenen Welt aufblühen, göttlich. Mama geht den üblichen „Mama-Hobbies" wie Wäsche, Herd und Staub nach. Und, Mama berührt gerne Menschen mit den Händen (nö, das ist nicht Arbeit, es ist ein GESCHENK!), sie schreibt im Idealfall Sinnvolles, fängt besondere Augenblicke ein, will im Herzen anklopfen. Und danke, scheinbar kommt es an! „Diese Künstler", ehrlich, wir leben schon ein kleines bisschen vom Feedback. Ich habe ja meine Kolumnen in geballte Kraft im „Mamaversum-Buch" vereint! Vor allem Mamas schenken gerne mein Buch wenn ihre Töchter in die Mamawelt eintauchen.

Bestellungen freuen mich riesig, Rückmeldungen wie diese lassen mich dankbar bis in die Haarspitzen sein, danke! „Meine Tochter meint, man weiß bei den Geschichten nicht, ob man vor Rührung weinen oder lachen soll, genauso empfinde ich das auch. Das geht so richtig rein ins Herz. Du triffst es auf den Punkt, das wollte ich dir unbedingt sagen." Soviel danke, es erfüllt mich meine Welt ein wenig teilen zu dürfen. Oft würde ich noch gerne viel mehr teilen, dann sagt der Kopf wieder „bist ooorg net", das Herz grinst und meint „egal, ist der Ruf erst mal ruiniert, lebt sichs völlig ungeniert". Hihi, von Herzen teilen, so bin ich, das ist mein liebstes Stück, dort gehe ich weiter. Ob ich damit in der „anderen Welt" reich werde? Mir grad extra wurscht, es spürt sich tief drinnen an, als wäre alles gut und kommt so daher, wie gebraucht. Das Gefühl ist so wertvoll, da kann der liebe Euro nie und nimma mit! „Mama im Wunderland", cooler Film, nachmachen erlaubt, egal ob Groß oder Klein, lebts ausm Herzilein! Ich wünsche es kommt bei meinen Hasen an...

Einhorn-Hausen

Eine rosa Wolke legt sich verdächtig heimlich über unser Haus. Wir haben jetzt ein rosa Einhorn unter uns, besser zwei, oder wieviele? In einem Kostüm steckt die kleine Maus meistens drinnen, das andere hat Oma hoch motiviert vom Flohmarkt adoptiert. Es ist fast so groß wie die kleine Maus, will heißen richtig groß. Es war mit im Kindergarten, schläft unter der eigenen Decke, bitte sehr manierlich! Tja und „Mama wir brauchen eh keinen Stall", das Ding schläft dick und fett in ihrem Bett.

Der neue Pyjama der großen Maus hat einen Panda drauf, das erste Teil seit Jahren das rosa sein durfte! Der Panda trägt ein Einhorn am Kopf, what else? Voll angekommen in Einhorn-Hausen – spät aber nicht weniger wuchtig, nickt Papa. Fragt Mama die Mädls nach ihren Wunsch-Häusern, dann mag die eine Lila-Rosa-Weiß gestreifte Wände, die andere blau-gestreifte Wände (die Hoffnung auf blau lebt!). Das Geld fürs Haus, das bekommt man eh bei der Sumsi, fix! Die Kleine verlautet keck: „Das holen wir uns dann wenn sonst keiner in der Bank ist, am besten in der Nacht"... aha, doch zuviele Papa-Panzerknacker-Geschichten gehört! Ich sage „Nein, so tut man nicht" und denke an die Worte meiner Freundin: „Kredit? Egal, eischean toans di mit oder ohne Schulden amoi". Ganz schön cool, diese Ansicht! Ein Leben ohne Bank im Nacken ist mir trotzdem lieber.

Sonst alles gut. Die Mädls grinsen: „Hauptsache die Türen zu den Schlafzimmern sind immer weit offen, die bräuchten wir auch gar nicht Mama!" Aha, wie gut dass Papa gerade in Deutschland weilt für eine Woche, wer errät wer prompt das elterliche Schlafzimmer bezogen hat? Exakt, ein rosa Einhorn – nein zwei, oder doch drei? Vier! Eine Miniedition von Papa ist auch an Bord am Nachtkastl... noch Fragen? Für Notfälle hat Mama im Stockbett der Mädls gebucht. Doch halt! Da wohnen Herr Schneehase und ein mega singender Frosch, quak. Also – Einhorn-Hausen wohin man schaut!

Frohes Wohnen, Hausen, was auch immer,
tierischer wird's wohl nimma.

Es birnt die Birne

Es gibt Tage, da zerplatzt sie fast, Mamas Birne. Wenn das Wetter Burzelbäume macht, ist Mama-Wetterfrosch live dabei. Meine Mädls sagen „Mama du hast immer Kopfweh". Nein. Als hochsensibler Quaxi fühle ich mich mit dem ersten Regentropfen der fällt wie die Prinzessin, die wieder zum Leben erwacht! Und ja, das ist im Frühling immer intensiver, der liebe April macht mit Mamas Birne was er will! Aber, da gibt's die „Mamasbirnenselbsthilfetrickkiste"! Beide Waden oder die großen Zehen mindestens 10 Minuten halten aus dem Impuls-Strömen, das holt den Druck aus der Birne. Mädesüß-Tee soll wie Aspirin wirken, wenn man es rechtzeitig erwischt und gut vorsorgt, daugt Mamas Birne sehr! CBD-Öl lutsche ich auch, neuem Hanf-Zeitalter sei dank! Ab und an putzen ein paar Schluck Kaffee die Leitungen gut durch und am besten klarerweise ist die liebe Ruhe. Ein kalter Fetzen auf der Birne und ein finsteres Stübchen dann wird die Birnen-Sprengung erträglich.

Sonst birnt es uns auch gut durch im Mamaversum. Der kleine Drache Kokosnuss hat als Zauberschüler einen Korb verzauberter Birnen dabei und kocht Ochsenbraten mit Birnen, mmm. Mama isst grad Bärenwurz-Birnhonig nach altem Rezept von Hildegard von Bingen, putzt, tschüss Schlacken und Co., die Haut dankt! Sonst noch?

Birnen waren ein so gern gesehenes Mitbringsel bei Oma und Opa. Ewig liegen gelassen bis sie richtig gatschig waren, so sind sie am süssesten und Zähne zum Beißen braucht man auch nicht! J Jup und wir haben Most im Blut! Mein Opa hat zu jedem Essen seinen Birnenwein genossen! Ich liebe den Geschmack, das „Hamtige" ist Natur pur. Sobald sie fallen klauben mein kleiner Floh und ich Mostbirnen und suzeln sie aus. Sogar im Frühling müssen wir sehnsüchtig nach Mostbirnen suchen, hihii... jetzt wissen wir auch das die nimma gut sind.

Zum Schluss noch ein Rätsel, die Hirnbirn, wozu die wohl gut sein könnte? Tipp: Hat mit nächtlichen, kindlichen Wanderungen zu tun ;) Birnen, wir stehn auf euch!

DANKBAR...

... verneige ich mich vor allen die mich so lieben, wie ich bin. Ich hab' euch lieb!

Danke –

liebes Leben. Für dich, mein Leben. Für meine Welt, meine Mädls, meinen Mann, meine Familie, meine Träume, mein Herz, meinen Kopf, mein da sein dürfen am schönsten Fleck der Welt.

Danke –

liebe Menschen beim Mostviertel Magazin. Ihr glaubt an mich, monatlich darf ich für euch „dein-Schreiberling" sein, so werden meine Herz- und Hirngespinste flügge.

Danke –

lieber „Leserling", für deinen Mut und deine Neugierde mit mir durch's Mamaversum zu reisen! Von Herzen willkommen!

Danke –

liebes „Tschutschu" für die Idee zu meinem Tun mit „Herz über Kopf". Du gibst mir liebevoll Ruhe und Raum, Inspiration, Kreativität, Lebens- und Tatkraft, weckst den „Striezi" in mir - machst mich zu dem was ich bin.

Was es ist

Es ist Unsinn – sagt die Vernunft
Es ist was es ist – sagt die Liebe

Es ist Unglück – sagt die Berechnung
Es ist nichts als Schmerz – sagt die Angst
Es ist aussichtslos – sagt die Einsicht
Es ist was es ist – sagt die Liebe

Es ist lächerlich – sagt der Stolz
Es ist leichtsinnig – sagt die Vorsicht
Es ist unmöglich – sagt die Erfahrung
Es ist was es ist – sagt die Liebe

Erich Fried

Von Herzen alles Liebe
und immer für euch da.

Mama & Papa

CPSIA information can be obtained
at www.ICGtesting.com
Printed in the USA
BVHW011007050419
544725BV00003B/205/P

9 783748 101659